目次

この作品は竹書房文庫のために
書き下ろされたものです。

第一章　配達先で甘い誘惑

1

斉藤春雄《さいとうはるお》は今日も自転車で街を走っている。

サイクリングが趣味なわけではない。体力に自信はなく、どちらかといえばインドア派だ。好きで自転車に乗っているのではなく、必要に駆られて仕方なく街に繰り出しているのだ。

春雄はフードデリバリーの配達員をしている。四月からはじめて三か月が経ち、ようやく慣れてきたところだ。

七月に入り、いよいよ暑くなってきた。

今日もいい天気だ。雲ひとつない青空がひろがっており、眩《まばゆ》い日差しが降り注いでいる。少しペダルを漕《こ》いだだけで、全身の毛穴から汗がどっと噴き出す。汗で湿った

Tシャツが胸板に貼りつくのが不快だ。指で摘《つ》まんで肌から引き剝《は》がすが、すぐにまたぴったり貼りついた。

赤信号でとまるたびに、首に巻いたタオルで汗を拭《ぬぐ》う。水分の補給も小まめにしないと、脱水症状を起こしそうだ。

（これは大変な仕事を選んじゃったな……）

ギラつく太陽を見あげて、心のなかでつぶやく。

先ほどファストフード店で商品をピックアップして、客の家に届けるところだ。背中に背負った配達バッグに商品が入っている。汁物でなければ、多少揺れても大丈夫だが、やはり食品を運ぶのは気を使う。しかも遅れるわけにはいかないので、体はもちろん精神的な負担も大きい。

きつい仕事だが、とにかくがんばるしかなかった。

じつは春雄は就職活動に失敗している。大学は無事に卒業したが、いわゆる就職浪人になってしまったのだ。

どうしても入りたい会社があったわけでもなければ、職種にこだわっていたわけでもない。とくにやりたいことがなかったので、会社の規模や知名度だけで選んでしまったのが間違いのはじまりだった。

大手の会社には優秀な学生が多く集まるため、当然ながら競争率が高くなる。しかし、春雄は成績がともなっておらず、面接で志望動機を問われても、ありきたりなことしか言えなかった。それでも数を打てば当たると思ったのだが、そんなに甘いものではなかった。

大学の同級生たちは、みんな就職するか家業を継ぐかしている。ところが、春雄は高望みした結果、応募したすべての会社で不採用になってしまった。

現実を突きつけられた気分だ。

結局、仕事が決まらないまま、大学の卒業式を迎えた。東京で就職するつもりだったが、予定がすっかり狂ってしまった。

山梨の両親には、卒業後も実家には帰らないと、ずいぶん前に伝えていた。今さら就職できなかったから帰るとは言えない。そもそも父親は公務員なので、家業を継げるわけでもなかった。

とにかく、両親に迷惑はかけられない。仕送りはなくなるので、自分でなんとかするしかなかった。

住まいは上京したときに入居した格安アパートだ。

安いとはいえ、毎月の家賃に加えて光熱費や食費もかかる。アルバイトで食いつなぐしかないが、どうせなら効率よく稼ぎたい。悩んだ挙げ句、フードデリバリーの会社「グルメ宅配便」に登録した。

とはいっても、車もバイクも持っていなかった。なけなしの金をはたいて、リサイクルショップで自転車を購入した。金がないので仕方ないが、いちばん安いものを選んだらママチャリになってしまった。

(これペダルが重いんだよな……)

心のなかで愚痴《ぐち》りながらペダルを漕ぐ。

そのとき、春雄の横をマウンテンバイクが追い抜いていった。スピードがまるで違う。あの自転車で配達をすれば、もっと楽に稼げるかもしれない。一瞬そんなことを考えて、ふっと苦笑が漏《も》れた。

(この仕事をずっとつづけるわけじゃないしな……)

フードデリバリーは、あくまでも就職が決まるまでのつなぎだ。わざわざ高価な自転車を買わなくてもママチャリで充分だ。

ほかにも専用の配達バッグを購入する必要があった。リュックタイプで会社のロゴが入ったものだ。

さらにはヘルメットやサイクリンググローブ、レインコートなども必需品で、これらの初期費用の出費が痛かった。服装は自由なので新たに購入はせず、もともと持っていたTシャツとジャージを使うことで節約した。

それでも、わずかにあった貯金は底を突き、あとに引けない状態になった。どんなにきつくてもやめるわけにはいかない。しばらくは、この仕事で生活費を稼ぐしかなかった。

きっと要領がわかればなんとかなる。最初はそう思っていたが、実際は想像していた以上に大変だった。

この仕事はスマートフォンが必須だ。

毎朝、準備が整ったら専用のアプリをオンにして待機する。注文が入ると、店の近くにいる配達員たちのアプリに配達リクエストが入る。そして、受けつけた配達員が飲食店で品物をピックアップして、客に届けるのが一連の流れだ。

支払いはクレジットカードによる事前決済と現金の受け渡しをする現金決済の二種類があり、配達員がどれに対応するか選べる。春雄は商品の受け渡しだけですむ事前決済のみを選択した。

行き先はスマホに地図が表示されるので迷うことはない。

車やバイクがあれば配達範囲はひろがる。だが、春雄は自転車なので、近場の配達に限られてしまう。当然、稼げる金額は違ってくるが、それは最初からわかっていたことだ。

その代わりシフトがなく、稼働時間は自由に決められる。稼ぎたければ、長時間勤務も可能だ。とはいえ、自転車での配達は体力を使う。そんなに長く働けるものではない。

春雄の場合は、昼食の注文が入りはじめる午前十一時前後から、夕飯の注文が落ち着く午後八時くらいまでと決めている。途中、休憩《きゅうけい》を取るのは自由だ。その間はアプリを切っておけばいい。その日の体調や稼ぎ具合で調整していた。

休日も配達員が好きに決められる。体力があって稼ぎたい人は、ほとんど休まずに働く人もいるようだ。

春雄は週に一度は休むようにしている。土日や祝日は注文が多いので働いて、比較的注文が少ない火曜日あたりを休日にあてていた。

（我ながら、よくやってるな……）

噴き出す汗を拭いながら、ふと思う。

はじめたばかりのころは筋肉痛がつらかった。太腿《ふともも》やふくらはぎがパンパンに張りつめて、腰にもかなりの負担がかかる。天気も晴れの日ばかりではない。雨の日も風の日も自転車で配達しなければならない。悪天候だからといって休めば、そのぶん収入は減ってしまう。

一日中、ペダルを漕いで、クタクタになって部屋に戻る。シャワーを浴びて晩ご飯を食べると、ベッドに倒れこんで眠りに落ちることのくり返しだ。就職情報誌をチェックする余裕もなく、仕事以外の時間はほとんど寝ていた。

とてもではないが、つづかないと思った。切羽つまった状況でなければ、とっくにやめていただろう。

しかし、金がないので食べていけない。今やめたら二十三歳にして、ただのニートだ。いや、それどころか家賃を払えなくなり、路頭に迷ってしまう。とにかく踏んばるしかなかった。

そうやって必死にやっているうちに、いつしか体が慣れたらしい。気づくと筋肉痛にならなくなっていた。

(できるかもしれない……)

そう思えるようになったのは最近のことだ。

とはいっても、就職したい気持ちに変わりはない。フードデリバリーの仕事でかなりの金額を稼ぐ人もいるようだが、自分には向いていないと思っている。一刻も早くアルバイト生活を抜け出して、大きな会社の正社員になりたかった。

今は少し余裕が出てきたため、毎日、就職情報誌やスマホで求人をチェックしている。しかし、なかなか自分の希望に沿う会社がない。就職浪人したことで、なおさら妥協できなくなっていた。

それでも何社か応募したが、すべて書類選考の段階で落とされている。簡単なことではないとわかっているが、連絡を受けるたびに落ちこんだ。だが、あきらめるわけにはいかない。就職活動もコツコツつづけるしかなかった。

（このあたりだな……）

春雄は自転車を路肩にとめると、ウエストポーチからスマホを取り出す。スマホの地図を確認する。今いるのは、配達で何度も訪れている住宅街だ。道路はだいたい頭に入っている。やはり客の家はすぐ近くだ。再び走り出すと、一軒家の前で自転車をとめた。

玄関ドアに歩み寄り、配達バッグからレジ袋に入った商品を取り出す。受け渡し方法は、客と対面して直接渡す「手渡し」か、指定された場所に置く「置き配」の二種類がある。

今回は置き配で、玄関前が指定されていた。ドアを開閉しても当たらない場所に商品を置くと、それをスマホで写真に撮って客に送る。これで配達は完了だ。

はじめたころは、置き配をするのが不安だった。食品を外に置くことに抵抗があったし、盗まれるのではないかと心配もした。しかし、これまでトラブルは一度も起きていない。慣れてしまえば置き配のほうが楽でよかった。

商品を無事に届けると、スマホのアプリを操作して配達完了にする。そして、次の注文が入るまで待機だ。

持ち歩いているペットボトルの水で喉を潤すと、飲食店が集中している駅の近くに移動する。住宅街にいても配達リクエストは入らないので、駅周辺で待機するのが狙い目だ。

（まだ稼げるな）

時刻は昼の十二時を過ぎたところだ。

この時間なら注文がどんどん入るはずだ。休憩はあとまわしにして、今のうちにたくさん配達しておきたい。昼時を過ぎるといったん注文が落ち着くので、そのときに休憩を取るようにしていた。

2

（そろそろ休むか……）

春雄は駅前のロータリーに自転車をとめた。

もうすぐ午後三時だ。今日は土曜日のせいか忙しくて、この時間まで休憩を取ることができなかった。いつもは午後二時前あたりで配達リクエストが途切れるので、そこで休むようにしていた。

配達したぶんだけ収入が増える。

そう考えると忙しいのはいいことだが、さすがに疲れたし腹も減った。飛ばしすぎると夜まで持たない。稼ぎたい気持ちはあるが、ペース配分が大切だということを経験上学んでいた。

ということで、昼飯を食べることにする。ロータリーの木陰にあるベンチが、春雄のいつもの休憩場所だ。雨の日は駅構内のベンチを使うこともあるが、なるべく人の邪魔にならない場所を選んでいた。

食費を浮かせるために、おにぎりを作って持参している。ベンチに腰かけると、ウエストポーチからおにぎりを取り出した。

毎朝、前の晩に炊いたご飯をラップによそって、おにぎりを握っている。ラップで握るのは簡単だし、食べるときに直接おにぎりに触れないですむので衛生的だ。具材は梅干しのみで、海苔《のり》は巻いていない。その代わり塩を多めに振っている。汗をたくさんかくため、塩分の補給は欠かせない。

最初は人通りのある場所で食事するのに抵抗があり、わざわざ公園まで移動していた。だが、よけいな時間と体力を使うのがもったいなかった。そこでロータリーのベンチで食べるようになり、今ではすっかり慣れていた。

(ちょっと塩が多かったな……)

今日のおにぎりは塩を振りすぎだった。

疲れた体に塩のしょっぱさと梅干しのすっぱさが染みわたる。ひねりのないシンプルな味だが、体を動かしたあとなので充分にうまかった。

一気に食べると、ペットボトルの水をごくごく飲む。フードデリバリーをはじめたころは疲れすぎて食欲がなくなったが、今はしっかり食べられる。食事を摂ることで体力はだいぶ回復した。

（もう少しのんびりするかな……）

そう思ったとき、ウエストポーチのなかでスマホが鳴った。

配達リクエストが入ったのだ。アプリを切っておくのを忘れていた。配達リクエストが入ったからといって、必ずしも受ける必要はない。しかし、春雄の場合、自転車で配達をする登録なので、近場の注文しかまわってこない。車やバイクを持っているほうが、圧倒的にチャンスが多くなるのだ。

昼をすぎると晩飯時まで配達リクエストが減るのがいつものパターンだ。今のうちに、受けられるものは受けておいたほうがいいだろう。春雄はスマホをタップして配達リクエストを受けつけた。

品物をピックアップするのは駅前のドーナツ店だ。

すぐそこに見えているので、自転車を押して早足で向かう。そして、店内に入ってカウンターに歩み寄った。

「グルメ宅配便です。ピックアップに来ました」

店員に声をかけてスマホの画面を見せる。

注文の品物はすでに用意してあり、箱の入ったレジ袋を渡された。箱の中身は客が注文したドーナツのはずだ。レジ袋を配達バッグに入れると、慎重に背負って店をあとにする。

あとは時間との勝負だ。

スマホに表示された地図を見て、自転車で走り出す。アプリによると、十分ほど走ったところにあるマンションだ。

繁華街を抜けて郊外に向かう。商店が少しずつ減ってくると、やがて五階建てのマンションが見えてきた。

(あそこだな……)

春雄はマンションの前に自転車をとめるとスマホを取り出す。

アプリを確認すると、品物の受け渡し方法の指示は手渡しになっている。マンションのエントランスに足を踏み入れて、インターホンの操作パネルに部屋番号を打ちこんだ。

ピンポーン――。

呼び出し音が鳴ってしばらくすると、スピーカーから声が聞こえた。

「はい……」

どうやら若い女性らしい。

アプリには客の名前と住所が表示されるが、必ずしも本名とは限らない。客は本名を登録する必要はないのだ。とくに女性の場合は、配達員に本名を知られたくない人も多くいる。偽名の場合もめずらしくなかった。

今回の客は「東京花子《とうきようはなこ》」となっている。明らかに偽名だが、よくあることなので気にもとめなかった。

「グルメ宅配便です。ご注文の品をお届けにあがりました」

春雄は操作パネルのマイクに向かって声をかける。

いつもの決まり文句だ。配達をするだけの仕事なので、商品の説明をする必要はない。初対面の人と話すのは苦手だが、品物を手渡しするだけなので問題なかった。

「どうぞ」

再び女性の声がして、自動ドアがすっと開いた。

春雄はマンション内に入ると、エレベーターで三階にあがった。部屋は３０３号室だ。すぐに見つかり、ドアの横の壁にあるインターホンのボタンを押した。

「はい。今、行きます」

女性の声がして、しばらくするとドアが開く。

白いノースリーブのブラウスに、黄色のミニスカートを穿いている。剝《む》き出しの太腿が目に入り、春雄は慌てて視線をそらした。

「お、お待たせしました」

客の顔をよく見ることなく挨拶する。

背負っていた配達バッグをおろして床に置くと、なかからレジ袋に入った品物を取り出した。

「こちらになります」

そのとき、客の顔がはっきり見えてはっとする。

「あ、あれ……瑠璃《るり》先輩？」

思わず声に出すと、客の女性も目を大きく見開いた。

「春雄くん？」

名前を呼ばれて確信する。

彼女は同じ高校のふたつ上の先輩、真島《ましま》瑠璃だ。まさか配達先で会うとは思いもしなかった。

（ど、どうして、瑠璃先輩が……）

驚きのあまり固まってしまう。

この衝撃は、はじめて瑠璃を見たときに似ている。高校に入学した初日、瑠璃をひと目見たときの、全身に電流が走り抜けたような感覚を忘れもしない。あれが春雄の初恋だった。

瑠璃はサッカー部のマネージャーをしていた。

春雄は運動が苦手だったにもかかわらず、少しでも瑠璃に近づきたくてサッカー部に入部した。だが、三年生は一学期が終わると引退してしまう。春雄が所属している意味はなくなり、夏休み前に退部した。

「すごい偶然ね」

瑠璃の顔に笑みがひろがった。

キラキラと光る瞳で、春雄の顔を懐かしそうに見つめる。やさしげな表情に思わず見惚《みと》れてしまう。肩先で揺れる黒髪は艶々《つやつや》している。今も高校時代と変わらないくらい、いや、二十五歳になった瑠璃はあのころ以上に美しい。

瑠璃の言うとおり、すごい偶然だ。

高校を卒業して、瑠璃が東京の大学に進学したのは知っている。そのあと、東京でＯＬになったというのを風の噂で聞いていた。だが、それ以上のことはわからないままだった。まさか同じ街に住んでいたとは驚きだ。

「元気だった？」

「は、はい……る、瑠璃先輩もお元気そうで……」

春雄は緊張しながら言葉を返す。

同時にサッカー部に在籍していたのは、わずかに一学期だけだ。それなのに名前を覚えていてくれたのが、なによりうれしい。

「お、俺のことなんて、どうして……」

率直な疑問を口にする。

サッカーは体育の授業でしかやったことがなかった。目立ったプレイができるはずもなく、瑠璃の印象に残っているとは思えない。春雄のことなど記憶に残っていなくてもおかしくなかった。

「とっくに忘れられているかと……」

「どうして？」

瑠璃は小首をかしげて、春雄の顔をまじまじと見つめる。そして、口もとに笑みを浮かべた。

「だって、よく怪我をしていたでしょう。あんなにたくさん手当てをしたの、春雄くんだけだもの」

瑠璃は当時を懐かしむように、にっこり笑った。

そう言われて思い出す。練習中に転んで膝を擦りむいたり、足首を捻挫したり、ヘディングを失敗して鼻血を出したこともあった。自分のなかではなかったことにしていたが、恥ずかしい数々の記憶が脳裏にまざまざとよみがえった。

なんとか瑠璃の前で格好つけようとして、いつも失敗した挙げ句に怪我をした。そのたびに、マネージャーだった瑠璃のお世話になったのだ。結果として言葉を交わす機会は増えたが、自分の望む形ではなかった。

「なんか、ダサいですね……」

苦笑を漏らして肩を落とす。だが、過去の失敗があったおかげで、顔を覚えてもらえたのも事実だ。

「そんなことないわ。一所懸命にやった結果でしょう」

瑠璃がすかさずフォローしてくれる。そう言ってもらえると、少し救われた気持ちになった。

「春雄くんは、どうしてわたしのことを覚えていてくれたの？」

「そ、それは……」

ふいに話を振られて、どぎまぎしてしまう。

まさか初恋の人だとは言えるはずもない。緊張と羞恥で顔が赤くなるのを自覚して思わず視線をそらした。

「た、たくさん、ご迷惑をおかけしたので……」

春雄はようやく言葉を絞り出す。

そう言ってごまかすしかなかったが、瑠璃は楽しげに笑っている。片想いしていたことを見抜かれた気がして、ますます顔が熱くなった。

「迷惑だったなんて思ってないわよ」

瑠璃はやさしく言ってくれる。

こうして話していると、高校生のころに戻ったような気持ちになっていく。瑠璃のことが大好きだったことを思い出して、胸の奥がキュンッとなった。

「春雄くんは配達員のお仕事をしているのね」

ふいに仕事の話になり、ふわふわしていた気持ちが現実に引き戻された。

「え、ええ、まあ……」

とたんに春雄の口調は重くなる。

就職活動に失敗して、仕方なくはじめただけだ。とはいっても、フードデリバリーの仕事も極めれば、かなりの稼ぎになるらしい。だが、車もバイクも持っていない春雄には限度がある。

なにより春雄は就職したいと思っている。だからこそ、バイト生活を送っていることに恥ずかしさを感じていた。

「車で配達しているの？」

「自転車です」

「それは大変そうね……」

瑠璃が気の毒そうにつぶやく。

同情されるのは情けない。ずっと憧れていた先輩に、かわいそうな男だと思われたくなかった。

「じ、じつは、お金を貯めて起業するつもりなんです」

とっさに出まかせを言ってしまう。

本当は起業することなど考えていない。だが、サッカー部のときと同じで、瑠璃の
前だと格好つけたくなる。ほとんど無意識のうちに口走っていた。

「そうだったの。起業を考えているなんてすごいわね」

「いえ、それほどでも……」

「どんなことをはじめるつもりなの？」

瑠璃が感心した様子で尋ねる。

だが、突っこまれると困ってしまう。思いつきで言っただけなので、まともに答え
られるはずがない。

「そ、それは……まだ話すほどのことは、ただの夢ですから……」

「そう。大切な夢は自分のなかでじっくり育てたほうがいいわ」

瑠璃が納得したようにうなずく。

実際のところ、なにも考えていないのだが、瑠璃は春雄の話を信じて好意的に解釈してくれた。申しわけない気持ちが湧きあがるが、同時にバレなかったと思って安堵した。

「お、俺、そろそろ行かないと」

これ以上話しているとボロが出そうだ。慌てて立ち去ろうと思って、まだ手にさげたままだったレジ袋を差し出した。

「あのこれ……お待たせしました」

「そうだったわね。ありがとう」

瑠璃は微笑を浮かべて受け取った。

「わたし、ドーナツが大好きなの。ときどき食べたくなって、お休みの日に配達をお願いしているのよ」

どうやら、休日の三時のおやつということらしい。

午後三時といえば、ふだんならアプリを切って休憩している時間だ。だが、今日はたまたまアプリを切り忘れた結果、瑠璃の配達リクエストを受けることができた。誰が注文したのかは受けつけないとわからないシステムだが、できることなら瑠璃のところには自分が配達したかった。

「では、俺はこれで……」

「春雄くん、がんばってね」

別れぎわに瑠璃が声をかけてくれる。

その言葉がうれしくて、思わず笑みがこぼれた。胸が温かくなり、疲れが一気に吹き飛んだ。

(よし、もう少しがんばるか……)

やる気がこみあげてくる。

フードデリバリーはあくまでも就職が決まるまでのつなぎだが、それでも瑠璃が応援してくれたことでがんばれる気がした。

3

日がすっかり落ちて、空は暗くなっている。その代わり、街の明かりがあたりを照らしていた。

(あと一件だな……)

時間を確認して、心のなかでつぶやく。

時刻は午後七時半になっている。今日は充分働いた。もう一件だけ配達したら終わりにするつもりだ。

駅前のロータリーで待機していると、やがてスマホが鳴った。配達リクエストが届いたのだ。すかさずタップして受けつける。すると、画面には店名と配達先が表示された。

(イタリアンｙａｚｉｍａ……知らないな)

これまで行ったことのない店だ。

郊外にあるらしい。とにかく、地図を見ながら向かう。すると、住宅街の近くにこぢんまりとした店があった。

(こんなところにイタリアンの店があったんだ)

赤い三角屋根が特徴的で、いかにも個人経営といった感じだ。夫婦でやっているのかもしれない。なんとなく、そんな雰囲気が漂っていた。

このあたりの店はほとんど訪れていると思うが、ここには来たことがない。どうして、これまで配達リクエストが入らなかったのだろうか。

とにかく、迷うことなく裏口にまわる。配達員が客と同じドアを使うのを嫌うオーナーもいるため、はじめての店は必ず裏口を使うようにしていた。店の裏にある通用口のドアをノックすると、すぐに解錠する音が聞こえた。

「配達の方?」

ドアが開いて女性が顔をのぞかせる。

三十代なかばくらいだろうか。落ち着いた感じの女性だ。焦《こ》げ茶のフレアスカートを穿いており、白いブラウスを腕まくりしている。その上に胸当てのあるグリーンのエプロンをつけていた。

「はい。グルメ宅配便です」

無意識のうちに背すじを伸ばして返事をする。

この女性がオーナーだろうか。要領がわかってしまえば問題ないが、はじめての店はどうしても緊張する。

「どうして、裏口から来たの？」

「業者が表から入るのをいやがるお店があるので……こちらにうかがうのは、はじめてなんです」

「そうなのね。うちは表から入ってくれて大丈夫ですよ」

彼女はそう言って、やさしげな笑みを浮かべた。

（きれいな人だな……）

思わず心のなかでつぶやく。

笑うと目が細くなり、いっそう柔らかい雰囲気になる。どこか、ほっこりするような温かさを感じた。

「うちの店は五年前にオープンしたんですけど、諸事情で半年ほど閉店していたんです」

そう言った直後、彼女の表情がふっと曇った。

なにか気になることでもあるのだろうか。どこか淋しげな雰囲気だ。だが、それは一瞬のことで、すぐに気を取り直したように微笑を浮かべた。

「最近、営業を再開してフードデリバリーに登録したんです。それで、今日はじめて注文が入ったの。だから、わたしもよくわかってなくて」

「そうだったんですか」

登録していなかったのなら、配達リクエストが入らなかったわけだ。

すべての店がフードデリバリーをやっているわけではない。そんな当たり前のことに、今さらながら気がついた。

(でも、この感じなら……)

ドアを開け放ったままなので、イタリアンのいい香りが漂ってくる。

きっと人気店に違いない。これからは注文がバンバン入って、何度もピックアップに訪れることになる気がした。

「お世話になると思います。よろしくお願いしますね」

彼女はそう言うと、店内から名刺を持ってくる。そして、あらたまった様子で差し出した。

「ど、どうも、ご丁寧に……」

春雄は両手で受け取り、名刺を確認する。

『イタリアンｙａｚｉｍａ　オーナー店長　矢島京香《やじまきょうか》』

てっきり夫婦でやっているのかと思ったが、予想は見事にはずれた。彼女がオーナー店長とは意外だった。

（この人の店なんだ……京香さんか）

心のなかで名前を呼んでみる。思わず顔がにやけそうになり、慌てて表情を引きしめた。

名刺をもらったのだから、本来なら春雄も名刺を渡すべきだ。

しかし、名刺を作っていなかった。フードデリバリーの仕事を本気でやるつもりはないし、そもそも名刺交換をする場面などないと思っていた。仕方なく、春雄は口頭で名前を告げた。

「最近、やっとこの仕事に慣れてきたところでして……と、とにかく、よろしくお願いします」

緊張しながら頭をさげる。すると、京香も腰を深々と折った。

「こちらこそ、よろしくお願いします」

こんな挨拶を交わすのは、今回がはじめての経験だ。

基本的に時間に追われているので、店の人と顔見知りになっても、じっくり話す機会はなかった。品物をさっと受け取り、慌ただしく立ち去る。どの店でも同じことのくり返しだ。

「あの、そろそろ行かないと。時間があるので……」

「そうよね。引きとめちゃって、ごめんなさい。ちょっと待っていてくださいね」

彼女はいったん店内に戻ると、品物の入ったレジ袋を持ってくる。

「これです。よろしくお願いします」

「確かに受け取りました」

その場で配達バッグに入れると、慎重に背負った。

春雄は自転車にまたがり、スマホで地図を確認する。そして、ペダルをグッと踏みこんだ。

配達先は駅の反対側にある住宅街で、距離にして二キロほどだろうか。この日、最後の配達だ。思いがけず出発が遅れてしまったので、懸命にペダルを漕いで大急ぎで向かった。

一軒家の前で自転車をとめると、スマホの地図に視線を落とす。この家で間違いない。受け渡し方法は手渡しが指定されていた。

アプリに表示されている氏名は「滝川知美《たきがわともみ》」となっている。表札に「滝川」とあるので、おそらく本名で登録したのだろう。配達員に知られたくないのなら、下の名前もすべて変える気がした。

門扉を開けて玄関まで進むと、インターホンのボタンを押す。ピンポーンという電子音のあと、すぐに返事があった。

「はい、どちら様ですか？」

はきはきした感じの女性の声だ。

「グルメ宅配便です」

春雄が答えると、すぐに足音が聞こえてドアが開いた。

現れた女性は二十代後半くらいで、一見してクールな感じだ。水色のTシャツにスリムタイプのデニムという服装が似合っている。

Tシャツの胸もとは大きくふくらみ、乳房のまるみが浮きあがって生々しい。デニムもほっそりした脚にフィットしており、太腿からふくらはぎにかけてのラインがはっきりわかった。

(今日はツイてるな……)

またしても美人と遭遇した。

幸運に感謝しながら、配達バッグをおろしてレジ袋を取り出す。そして、手渡そうとしたとき、知美が怪訝《けげん》そうな顔をした。

「違うわ」

「はい？」

「中身、間違ってる気がする」

知美はそう言うと、レジ袋を受け取らずに手を引っこめてしまう。

「あの……」

「わたしが注文したのは、カルボナーラよ。こんなにガーリックのにおいがするはずないもの。この香り、ペペロンチーノじゃないかしら」

確信しているような口調だ。

そう言われてみると、確かにニンニクの香りが強い。スマホのアプリで注文内容を確認する。すると、そこにはカルボナーラと書いてあった。

「袋のなかを見てもよろしいでしょうか？」

「どうぞ」

許可を得てから、レジ袋の口を開いてなかを見る。すると、使い捨て容器の透明な蓋ごしに、ペペロンチーノが確認できた。

「あっ……間違ってるみたいです」

言いづらいが、伝えないわけにはいかない。春雄は小声でぽつりとつぶやいた。

「ほら、やっぱり……」

知美が残念そうな声を漏らす。あからさまに不機嫌な表情になって、大きなため息を漏らした。

「カルボナーラが食べたかったのに」

「すみません……」

春雄が間違えたわけではないが、頭をさげて謝罪の言葉を口にする。そうするのが当然だと思った。

「あなたが間違えたの？」

「い、いえ……わたしは渡された物を運ぶだけなので……」

気まずい空気が流れる。

客の立場からすれば、目の前にいる配達員に文句を言いたくなるのだろう。わかる気がするから、知美の怒りを受けとめるしかなかった。

「じゃあ、お店の人が間違えたのね」

「はい……そういうことになるかと……」

春雄の脳裏に京香のやさしげな顔が浮かんだ。

フードデリバリーをはじめたばかりだと言っていたので、なにかミスがあったのかもしれない。

「交換してもらえるんでしょ？」

「それが、交換はできないシステムでして……品物に間違いがあった場合は、返金という形を取らせてもらっています」

「ええっ、交換してもらえないの？」

知美はむっとした顔になっている。

「申しわけございません。品物は回収しないので、お客さまのほうで廃棄していただくことになります。よろしければ、食べていただいても構わないので……」

「わたしが食べたかったのはカルボナーラよ」

「す、すみません……」

とにかく頭をさげつづけるしかない。

苛々《いらいら》しているのが伝わり、焦りが大きくなっていく。できることなら、この場から逃げ出したかった。

「仕方ないわね……返金って、どうすればいいの？」

「まずスマホで間違っていた品物を撮影して、それをアプリで報告してください。会社のほうで返金手続きを取らせていただきます」

額に冷や汗を浮かべながら説明する。

こういう場面に遭遇するのは、今回がはじめてだ。客が間違いに気づくのは、品物を受け取って配達員が帰ってからが圧倒的に多い。そのため、春雄が直接クレームを受けたことはなかった。

「面倒だわ。あなたがやってよ」

「お客さまご自身で、やっていただく決まりでして……」

「もう、どうなってるのよ。よくわからないから教えて。とにかく、部屋にあがりなさい」

知美が玄関ドアを大きく開いてうながす。

断れない雰囲気だ。実際、配達員がそこまでやらなければならない義務はない。だが、この日の最後の配達というのもあり、指導することにした。

4

「ありがとう。助かったわ。こういうの苦手なのよ」

知美が意外にも穏やかな声で礼を言った。

注文が間違っていたペペロンチーノの写真を撮り、会社にクレームを入れる手伝いをした。これでしばらくすれば、返金手続きがされるはずだ。

今、春雄は滝川家のリビングにいる。

室内はエアコンが効いているため快適だ。春雄は三人がけのソファに腰かけて、隣には知美が座っている。

すでに簡単な自己紹介をすませてある。春雄は今年の春に大学を卒業して、フードデリバリーをはじめたと伝えた。知美は既婚者で専業主婦だという。

目の前のローテーブルには、先ほどのペペロンチーノと知美が入れてくれたコーヒーのカップがふたつ置いてある。

ほかに在宅している人はなく、春雄と知美のふたりきりだ。

時刻は午後八時をまわっており、すでに日が落ちている。あまり遅い時間までいるのは失礼だろう。

「では、そういうことで……」

春雄が腰を浮かそうとすると、知美が腕をすっとつかんだ。

「まだいいじゃない」

なぜか引きとめようとする。クレームの処理は終わったのに、まだなにか問題があるのだろうか。

「あの、ほかにもなにかありましたか？」

「なにもないわ。ちょっとだけ話し相手になってよ」

知美は微笑を浮かべている。

どういうつもりで言っているのだろうか。先ほどまで不機嫌だったのに、なにを考えているのかわからなかった。

「でも、時間が時間ですし……」

困惑してつぶやいたとき、サイドボードに飾ってある写真が目に入った。

ウエディングドレスを着た知美と、タキシード姿の男性が写っている。結婚披露宴の写真だ。

(まずいな……)

旦那が帰宅したら、誤解されかねない。

なにも悪いことはしていないが、この時間に人妻とふたりきりの状況はよくないと思う。旦那と鉢合わせする前に、この場から離れたかった。

「夫なら帰ってこないわよ」

知美がぽつりとつぶやいた。

春雄が写真を見ていることに気づいたらしい。旦那が帰ってくることを心配していると悟ったのだろう。

「大阪に単身赴任中なの」

どこか投げやりな口調になっている。

結婚する前は、知美は商社に勤務しており、そこでふたつ年上の夫と知り合った。

二年間の交際の末、二十四歳のときに結婚したという。

知美は退社して家庭に入り、思いきって家も購入した。幸せな結婚生活がはじまると思った矢先、夫に大阪転勤の辞令がおりた。新築の家を買ったばかりだったので、単身赴任の選択肢しかなかったらしい。

「結婚して四年になるけど、この家でいっしょに暮らしたのは半年だけよ。ひどいと思わない？」

「大変ですね……」

春雄は相づちを打つしかなかった。

だが、本心は帰りたくて仕方がない。密室で女性とふたりきりというだけで緊張してしまう。愚痴を聞かされても、どう答えればいいのかわからない。なにしろ、春雄は女性との交際経験がないのだ。

じつは二十三歳になった今も童貞で、キスをしたこともない。女性の手を握ったのは、高校の文化祭でフォークダンスを踊ったのが最後だ。それも自分から誘ったわけではなく、あまった者同士で組まされただけだった。

(ううっ、困ったな……)

どうにも落ち着かない。

ましてや知美が人妻だと思うと、なおさら緊張する。当たり障りがないように、適当に相づちを打ちつづけた。

「会社も新婚の社員を転勤させることないでしょ」

「そうですね……」

「二十四で結婚したのに、気づいたら二十八よ。新婚って、結婚してから何年間のことを指すのかしら。四年も経ったら、もう新婚じゃないわよね」

「ええ……」

「最初は淋しかったけど、今はすっかり慣れちゃったわ。ただ、暇を持てあましてるのよね」

「そうなんですか……」

「ねえ、人の話、ちゃんと聞いてる？」

知美がむっとした顔になっている。

春雄がただうなずいているだけだと気づかれてしまった。なにか言わなければと思うが緊張で頭がまっ白になってしまう。それでも口を開こうとするが、どうしても言葉が出なかった。

「早く帰りたいの？」

「け、決してそういうわけでは……」

いきなり図星を指されて、なおさら慌ててしまう。これ以上、怒らせるわけにはいかない。

「キミさあ……春雄くんだったわよね。女の人が苦手なの？」

「に、苦手というわけでは……」

「彼女はいるんでしょ？」

「い、いえ……」

声がどんどん小さくなっていく。

触れてほしくない話題になっている。なんとかして話をそらしたいが、頭がまったくまわらない。

「彼女いないんだ。意外ね」

知美は春雄の顔をまじまじと見つめる。

「顔は悪くないのに、どうしてかしら？」

「さ、さあ……」

「緊張してる？」

そう言われて、春雄は思わずうなずいた。

「もしかして……童貞なんじゃない？」

「うっ……」

思わず言葉につまってしまう。

またしても図星で、なにも反応ができない。童貞だと知られるのは恥ずかしいが、ごまかしようがなかった。

「そうなのね……ふうん」

知美は腰を浮かせると、距離をつめてすぐ隣に座り直す。そして、至近距離から春雄の顔をのぞきこんだ。

見つめられると羞恥がこみあげる。顔が熱くなるのを感じながら、視線をおどおどとそらした。

「ふふっ……かわいいじゃない」

知美はなにやら楽しげに笑った。

「童貞、卒業させてあげましょうか」

「えっ……」

思わず顔をあげると、知美と視線が重なる。

妖《あや》しげな光を放つ瞳で見つめられて、いやでも期待がふくらんでいく。冗談を言っているようには見えなかった。

「わたしと、どうかしら？」

再び知美がささやいた。

まったく予想していなかった展開だ。どういうわけか、きれいな人妻とセックスできるかもしれない。そう思うだけで興奮してしまう。極度に緊張しているにもかかわらず、瞬く間にペニスが硬くなって頭をもたげた。

5

(や、やばい……)

焦りで顔の筋肉がひきつってしまう。

すでにジャージの股間は大きなテントを張っている。知美が見たら、すぐに勃起しているとわかるだろう。なにかで股間を隠したいが、近くにはなにもなかった。

「一度でいいから、童貞くんと遊んでみたかったのよね」

知美が身体をそっと寄せる。

Tシャツから剝き出しになっている彼女の腕が、春雄の日に焼けた腕に押し当てられた。

「うっ……」

柔らかくてスベスベした皮膚の感触にドキッとする。

慌てて腕を離すが、知美はすかさず身体を寄せてきた。再び腕が密着して、彼女の体温も伝わった。

「どうして逃げるの?」

「だ、だって……あ、汗をかいたから……」

昼間、配達で街中を走りまわったので汗をたくさんかいている。体のあちこちが汗でベタついていた。

「わたし、男の人の汗が好きなのよね」

知美はそう言うと、春雄の首スジに顔を寄せる。そして、鼻から大きく息を吸いこんだ。

「く、臭いですよ」

「そんなことないわ。いいにおいよ」

無理をしている感じはない。本気で言っているのがわかるから、困惑して動けなくなる。知美は鼻の頭を春雄の首スジに押し当てて、うっとりした表情でにおいを嗅いでいた。

「男らしいにおいね。興奮しちゃう」

「た、滝川さん……ううっ」

声が震えて、まともにしゃべることができない。

知美が呼吸するたび、熱い吐息が首スジに吹きかかる。そのたびにゾクッとする感覚が全身を駆けめぐった。

「ピクピクしちゃって、感じてるの？」

からかうように言われて羞恥心がこみあげる。

体のヒクつきを抑えるため、全身の筋肉に力をこめた。しかし、知美の柔らかい唇が首スジに触れて、またしても体がビクンッと撥《は》ねてしまう。どうしても反応を抑えられず、ペニスはますます硬くなった。

「ううぅッ」

たまらず呻《うめ》き声が溢れ出す。

ふくれあがったジャージの股間に、知美の手が重なったのだ。布地ごと竿《さお》をつかまれて、やんわりとにぎられる。それだけで甘い刺激が湧き起こり、ペニスの先端から我慢汁がトクンッと漏れるのがわかった。

「硬いわ。興奮してるのね」

知美がうれしそうにつぶやく。

ジャージのウエスト部分に指をかけて引きさげようとする。春雄は我に返り、慌てて彼女の手首をつかんだ。

「ま、待ってください」

「どうしたの？」

知美はきょとんとした顔をしている。

とめられたのが心外とでも言いたげな感じだ。本気でセックスするつもりなのだろうか。

「あ、あの……本当にいいんですか？」

「春雄くんはいやなの？」

困惑して質問するが、質問で返されてしまう。

いやなはずがない。知美は美しい人妻だ。これほどの女性に筆おろしをしてもらえる幸運が信じられない。春雄はますます困惑して、知美の顔を見つめた。

「春雄くんがいやならやめるけど」

「い、いやじゃないです」

慌てて知美の言葉を否定する。

一刻も早くセックスを体験してみたい。こうしている間も、ジャージごしにペニスをにぎられたままだ。知美の手のなかでヒクヒクと震えて、先端から我慢汁を垂れ流していた。

「それなら、わたしの言うとおりにしてね。お尻を持ちあげて」

知美は再びジャージを引きさげにかかる。

言われるまま尻を持ちあげると、ジャージがすっとさげられた。張りつめたボクサーブリーフが露《あら》わになる。グレーの布地が盛りあがり、先端部分に黒っぽいシミがひろがっていた。

「すごく大きくなってるわね」

知美がじっと見つめて、口もとに笑みを浮かべる。

そして、今度はボクサーブリーフのウエスト部分に指をかけた。春雄は羞恥にまみれながらも尻を浮かせる。それを見て、知美はふふっと笑った。

「脱がしてほしいのね。いいわ」

そう言って、ボクサーブリーフも一気にさげる。

とたんに勃起したペニスがブルンッと勢いよく跳ねあがった。亀頭は水風船のように張りつめて、竿も野太く成長している。興奮しているのがまるわかりで、恥ずかしくてたまらない。

（で、でも……）

童貞を卒業できる。もうすぐセックスできると思うと、ペニスはますます硬く反り返った。

「ああっ、すごい」

知美も興奮しているらしい。そそり勃《た》ったペニスをじっと見つめて、色っぽい声でささやいた。

そして、春雄の膝にからんでいたジャージとボクサーブリーフをつま先から抜き取り、Tシャツも脱がしてしまう。これで春雄は素っ裸だ。恥ずかしさがこみあげるなか、剝き出しになったペニスに指を巻きつけられた。

「くうッ……」

とてもではないが声を抑えられない。

知美の柔らかい指と手のひらが竿を包んでいる。これまで自分しか触れたことがない場所を、先ほど出会ったばかりの女性がやさしくつかんでいるのだ。ただ触れているだけでも愉悦《ゆえつ》がひろがり、腰が小刻みに震えてしまう。

（こ、こんなことが……）

信じられないことが現実になっている。

夢を見ているのではないかと思うが、ペニスから全身にひろがる快感はまぎれもなく本物だ。奥歯を強く嚙《か》んで懸命にこらえるが、亀頭の先端からは我慢汁がトクトクと溢れ出していた。

「こんなにカチカチにしちゃって……かわいいわ」

知美は妖しげな笑みを浮かべてささやく。

そして、竿に巻きつけた指をゆっくりスライドさせる。白くて柔らかい指が、黒ずんで硬い肉棒の表面をやさしく撫であげた。

「ううッ、そ、そんな……」

いきなり凄まじい愉悦の嵐が湧き起こる。

ほんの少し動かしただけなのに、自分でしごくときとは比べものにならないほどの快楽だ。尿道口から透明な汁がどっと溢れて、早くも射精欲がこみあげる。とっさに尻の筋肉を引きしめると、暴走しそうな快感を抑えこんだ。

「すごく力んでるけど、もうイキそうなの？」

知美が身体をいっそう寄せて、耳の穴に熱い息を吹きこむ。とたんに背スジがゾクゾクするような快感が突き抜けた。

「くううッ……そ、それ以上されたら……」

「それ以上されたら、どうなるの？」

「うむッ、で、出ちゃいますっ」

呻きまじりの声で懸命に懇願する。

このままつづけられたら暴発してしまう。オナニーするときの快感をとっくに超えており、もはや射精寸前まで追いつめられていた。

「まだイッちゃだめよ」

知美は手をペニスから放すと、ソファから立ちあがった。

6

春雄は思わず生唾《なまつば》を飲みこんだ。

知美が目の前に立ち、デニムのボタンをはずしている。ファスナーをジジジッと時間をかけておろすと、いよいよデニムを引きさげにかかった。

スリムタイプなので肌にぴったりフィットしている。尻を左右に振るようにしながら、少しずつおろしていく。前屈みになり、臀部を後方に突き出している。まるで男を誘うような仕草になっていた。

恥丘に貼りついた白いパンティが見えてくる。

デニムをおろすにつれて、むっちりした太腿とツルリとした膝、ムダ毛のない白くてなめらかな臑《すね》も徐々に現れた。さらにデニムを左右のつま先から交互に抜き取ったことで、細く締まった足首も露わになった。

「そんなに見られたら、身体が熱くなっちゃう」

上半身を起こした知美が恥ずかしげにつぶやく。それでいながら興奮しているのか息づかいが荒くなっていた。

まっすぐ立ったことで、先ほどまで見えていたパンティがTシャツの裾《すそ》で隠れている。まるでミニスカートのようになり、肉づきのいい太腿が根もとまで剝き出しになっていた。

(おおっ……)

春雄は思わず腹のなかで唸った。

これはこれで淫らな光景だ。さらに知美は両手をTシャツの裾から入れて、パンティに指をかける。前屈みになりながら、じりじりと引きさげていく。春雄の目をまっすぐ見つめて、口もとには妖艶《ようえん》な笑みを浮かべている。

「もっと見たい？」

「は、はい……み、見たいです」

「どうしようかなぁ……」

知美はそう言って微笑を浮かべる。

どうやら、この状況を楽しんでいるらしい。片足ずつ持ちあげてパンティを脱ぎ去ると、その場でくるりと一回転する。Tシャツの裾がフワッとまくれて、白い尻が一瞬だけ見えた。

(も、もっと……)

思わず前のめりになってしまう。

女体を隅々まで見たくてたまらない。しかし、正面を向いた知美の股間は、Tシャツの裾で覆われている。すでにパンティを脱いだというのに、肝腎なところが見えないのがもどかしい。

そんな春雄の願望を叶《かな》えるように、知美は腕をクロスさせてTシャツの裾を指先で摘まんだ。ゆっくり持ちあげれば、恥丘が少しずつ見えてくる。陰毛は少なめで、白い地肌と縦に走る溝がうっすら透けていた。

（す、すごい……）

春雄は瞬きするのも忘れて凝視する。

雑誌やインターネットでしか見たことのなかった女体が、今、目の前で露わになっていく。くびれた腰のラインも、なめらかな腹にある小さな臍《へそ》も、すべてが牡《おす》の欲望を煽《あお》り立てる。

Tシャツを頭から抜き取り、白いブラジャーもはずされる。

すると、お椀を双《ふた》つ伏せたような形の張りのある乳房が現れた。先端で揺れる乳首は薄いピンクで、乳輪の色はさらに薄い。興奮しているためか、触れてもいないのにぷっくり隆起していた。

「女の人のおっぱいを見るのは、はじめて？」

「は、はじめてです」

春雄は目を見開いたまま、ガクガクとうなずく。柔らかく揺れる乳房から、もはや視線をそらすことができなくなっていた。

「興奮してるのね……うれしい」

知美は頬を赤く染めて腰をくねらせる。

視線は春雄の股間に向いている。そそり勃ったペニスを見て、色っぽい吐息を漏らした。

「たくましいのね。夫より大きいわ」

知美は春雄の手を引くと、ソファの前の床に横たわらせる。

毛足の長い絨毯《じゅうたん》が敷いてあるため、背中に当たる感触は悪くない。だが、そんなことより、仰向《あおむ》けになったことで勃起しているペニスが目立つのが恥ずかしい。知美の裸体を目にしたことで、さらに硬度が増していた。

「わたしが上になるわね」

知美が春雄の股間にまたがる。

両足の裏を絨毯につくと、勃起したペニスの真上にしゃがみこむ。和式便器で用を足すときのような格好だ。

(もうすぐ、俺は……)

童貞を卒業できる。はじめてのセックスを経験できる。そう思うだけで、かつてないほど心臓の鼓動が速くなった。

「ここに挿《い》れるのよ」

知美が上半身をそらして、両手をうしろにつく。すると、股間を突き出す体勢になり、陰唇が剝き出しになった。

「こ、これが……」

思わずつぶやいて息を呑んだ。

はじめてナマで目にした陰唇は、ミルキーピンクでヌラヌラと濡れ光っている。割れ目は閉じているが、隙間から透明な汁がたっぷり溢れていた。

(なんて、いやらしいんだ……)

あまりにも艶《なま》めかしい光景に圧倒される。

画像では何度も見たことがあるが、ナマだと迫力がまるで違う。ひと目見ただけで、柔らかそうな陰唇の虜《とりこ》になった。

「ほら、ここ……もっと見て」

知美は昂《たかぶ》った声で言うと、右手を自分の股間に伸ばす。手のひらを恥丘にあてがって、人さし指と中指を陰唇にそっと重ねる。そして、左右にゆっくり開いていく。膣《ちつ》口《こう》が露わになり、なかにたまっていた華蜜がトロッと溢れ出した。

(こ、ここに挿れるのか……)

膣の奥まではっきり見える。

赤々とした媚肉はねっとりしており、いかにも柔らかそうだ。襞《ひだ》が何層にも折り重なって、ウネウネと蠢《うごめ》いている。華蜜が次から次へと湧き出す様子は、さながら溶鉱炉のようだ。

ペニスを挿れたら、どんな感触なのだろうか。

童貞の春雄には想像もつかないが、きっとオナニーをはるかにうわまわる快楽に違いない。とにかく、早く挿入したくてたまらなかった。

「物欲しげな顔しちゃって、どうしたの？」

知美が妖しい笑みを浮かべて尋ねる。

わかっているのに、なかなか挿入してくれない。もしかしたら、春雄が言うまで挿れないつもりかもしれない。

「も、もう我慢できません。い、挿れたいです」

思いきって告げる。羞恥がこみあげるが、ペニスはますます硬くなってグンッと反り返った。

「ふふっ……じゃあ、挿れさせてあげる」

知美は身体を起こすと、右手でペニスをそっとつかんだ。

ほんの少し腰を落として、陰唇を亀頭の先端に押し当てる。その瞬間、クチュッという湿った音が響いた。

期待がふくれあがり、我慢汁がどっと溢れ出す。早く膣の感触を味わいたい。早く童貞を卒業したい。春雄は仰向けになった状態で身動きできず、その瞬間が訪れるのを待っていた。

「挿れるね……はああンっ」

知美がさらに腰を落としたことで、亀頭が陰唇の狭間に呑みこまれる。

熱い媚肉が亀頭に覆いかぶさる。とたんに快感が突き抜けて、膣のなかで我慢汁がどっと溢れた。

「ううぅッ！」

いきなり凄まじい愉悦の波が押し寄せる。

思わず両手で絨毯を強くつかんで、全身の筋肉に力をこめた。そうでもしなければ一気に射精しそうだった。

（は、入った……入ったぞ）

今まさにセックスしている。ついに童貞を卒業したのだ。

腹の底から喜びがこみあげる。それと同時に快感がふくれあがるのを感じて、慌てて尻の筋肉を力ませた。

「あああッ、入ったわ。どんな感じ？」

知美は完全に腰を落としている。両手を春雄の腹について、楽しそうに顔をのぞきこんだ。

「あ、熱くて……や、柔らかくて……くううッ」

とてもではないが、まともにしゃべることはできない。快感が強すぎて、一瞬たりとも気を抜けなかった。

「ふふっ……気持ちいいのね。でも、まだこんなもんじゃないわよ」

知美はそう言うと、ペニスを根もとまで挿入したまま、腰をゆったりまわしはじめる。円を描くように動かして、結合部分からクチュッ、ニチュッという湿った音が溢れ出した。

「ああンっ、いいわ。わたしも久しぶりだから、すごく敏感になってるの」

「ううッ、す、すごい……ううッ」

四方八方からペニスを揉みくちゃにされる。柔らかい膣襞のなかでこねまわされて、経験したことのない快感が突き抜けた。

「春雄くんの硬いから……ああンっ、わたしも感じちゃう」

知美がうっとりした顔でささやき、腰の動きを大きくする。

ペニスがさらに刺激されて、快感がどんどん大きくなっていく。張り出したカリが膣壁にめりこむと、女壺全体がキュウッと収縮した。

「はああッ、すごいわ」

「ぬおおおッ」

締めつけられて、たまらず呻き声が漏れる。新たな愉悦の波が押し寄せて、全身が燃えあがるような感覚に包まれた。

「そ、そんなにされたら……うむッ」

「ああッ、イッちゃいそうなの？」

知美は尋ねながらも腰を振りつづける。しかも、突如として円運動から上下動に切り替えた。

「おおおッ……おおおおッ」

快感の質が一気に変化する。ねっとりした感覚から、射精をうながすような強烈な刺激になっていた。

「す、すごいっ、うううッ、き、気持ちいいっ」

「あああッ、もっと気持ちよくなって」

知美の喘ぎ声も大きくなる。

まるで男を犯すように腰を振り、知美も高まっているらしい。愛蜜の量がどんどん増えて、結合部分はドロドロになっている。さらに腰振りのスピードがあがり、いよいよ最後の瞬間が迫ってきた。

「も、もうっ、くうううッ」

「ああッ……ああッ……いいわっ、好きなときに出してっ」

知美が腰を打ちおろすたび、大きな乳房がタプタプ揺れる。それが視界に入ることで、射精欲がなおさら刺激された。

「ううッ、も、もうダメですっ」

「あああッ、い、いいっ」

春雄の呻き声に合わせて、知美の腰の動きが激しくなる。膣でペニスを締めつけながら、ヒップを勢いよく振りたくった。

「おおおおッ、で、出ちゃいますっ」

「あああッ、出してっ、いっぱい出してっ」

知美の声が引き金となり、ついにペニスが膣のなかで暴れ出す。ググッとふくれあがったと思ったら、凄まじい勢いで精液が噴きあがった。

「ぬおおおおッ、で、出るっ、出る出るっ、おおおおおおおおおッ！」

愉悦の嵐が吹き荒れる。ペニスがビクビクと脈打ち、大量のザーメンが尿道を駆け抜けていく。射精中も膣がうねりつづけているので、快感は加速する一方だ。かつて経験したことのない絶頂感で頭のなかがまっ白になった。

「あああッ、なかで熱いのがっ、はあああああああッ！」

女体が仰《の》け反り、ペニスがさらに締めつけられる。知美も艶めかしい声を振りまいて、腰を小刻みに震わせた。

知美が昇りつめたのかどうかはわからない。

それでも、好き放題に腰を振り、久しぶりのセックスを堪能したのではないか。口もとに妖しい笑みを浮かべて、腰をねちねちと振っている。童貞を喰《く》うことで興奮したに違いなかった。

第二章　未亡人店長の注文

1

スマホのアラームの音で目が覚めた。

時刻は午前九時半だ。枕もとに置いてあるスマホをタップして音をとめると、横になったまま思いきり伸びをした。

腰がやけに張っている。

仕事で街を走りまわったせいではない。昨日は確かに忙しかったが、あれくらいなら慣れている。疲れはしたが、筋肉痛になるほどではなかった。

（やっぱり、アレか……）

思い出して笑みが漏れる。

昨日、はじめてのセックスを経験した。配達先の人妻、知美に誘われて、筆おろしをしてもらったのだ。

春雄は仰向けになっていただけなのに、腰の筋肉が張っている。自覚していた以上に力が入っていたらしい。起きあがってベッドに腰かける。体を少し動かすと、腰だけではなく全身の筋肉に張りを感じた。

だが、不快な感じはまったくない。なにしろ、初セックスの名残だ。むしろ心地よい疲労だった。

昨夜はすべて終わったあと、結合を解いた知美がペニスをティッシュで拭ってくれた。そして、知美は無言で隣に横たわった。絶頂の余韻が冷めていくにつれて、恥ずかしさがこみあげた。

「あ、ありがとうございました」

顔を赤くしながら礼を言うと、そそくさと服を身につけた。

振り返ったときには、すでに知美も身なりを整えていた。やさしげな笑みを浮かべて、注文が間違っていたペペロンチーノを差し出した。

「これ、よかったら食べて。わたし、ガーリックが苦手なの」

「いいんですか。いただきます」

春雄はありがたく受け取った。

クレームの処理をしたので、料金は返金されるはずだ。間違っていた品物は回収するのではなく、客のほうで廃棄することになっている。つまり食べてしまってよいということだ。

知美の家をあとにすると、まっすぐアパートに帰った。

シャワーを浴びて、いただいたペペロンチーノを晩ご飯にした。そして、翌日のおにぎり用にご飯を炊いてから横になった。

久しぶりにぐっすり寝た気がする。起きあがってカーテンを開くと、眩い日の光が部屋に射しこんだ。

（いい天気だな……）

思わず目を細めて空を見あげる。

今日も雲ひとつない快晴だ。仕事が休みなら最高の一日になるだろう。しかし、フードデリバリーの仕事は土日は稼ぎどきだ。どんなに疲れていても休むわけにはいかなかった。

トイレで用を足して、冷たい水で顔を洗う。

湯を沸かしてコーヒーを入れると、買い置きの食パンを焼いてマーガリンをたっぷり塗る。さらにベーコンを炒めて目玉焼きを作った。春雄の定番の朝食だ。体力を使う仕事なので、しっかり食べておかないと昼まで持たない。腹を満たすと、昨日の夜に炊いたご飯で昼飯のおにぎりを作った。

午前十一時、そろそろ出発する時間だ。

白いTシャツを着て黒いジャージを穿くと、スマホとおにぎりを入れたウエストポーチをつける。そして、配達バッグを背負って、ヘルメットとサイクリンググローブを装着した。

（よし、行くか）

いつもと同じ朝だが、なにかが違う。

自然と気合が入るのは、やはりセックスを経験したせいだろうか。大人の仲間入りをしたようで、どこか心が浮かれていた。

駅前のロータリーに到着すると、スマホのアプリをオンにする。

すると、さっそく配達リクエストが入った。やはり日曜日は注文が多い。そこからは休むことなく品物を運びつづけた。

気づくと午後三時をまわっていた。水分補給だけは怠《おこた》らなかったが、食事を摂る時間はなかった。

自分の意思で休憩することもできるが、せっかく仕事があるのにもったいないという意識が働いてしまう。とにかく必死にペダルを漕ぎつづけた。

午後四時半、ようやく休憩を取った。

いつものように駅のロータリーのベンチに腰かけて、梅干し入りのおにぎりを頬張り、水分をたっぷり補給した。

すぐに晩ご飯の注文が入るに違いない。だいぶ疲れがたまっているが、日曜日なのでもう少しがんばるつもりだ。

2

翌日の月曜日――。

この日は配達リクエストが少なく、比較的のんびりしていた。

空は少し雲が出ているが、雨は降らない予報だ。念のためレインコートを持ってきたが、おそらく使わなくてすむだろう。

午後一時すぎ、ロータリーのベンチで昼食を摂った。

配達リクエストが入ったら、すぐに受けつけるつもりなのでアプリはオンにしたままにした。

(そういえば……)

一昨日、品物を間違えた店のことを思い出す。

昨日もずっと気になっていたが、忙しくて考える暇もなかった。

これまでもほかの店の配達で、届いた品物が注文と違っていたことがあったかもしれない。だが、受け取った客が自分でクレームを入れるので、春雄がかかわることはなかった。

だが、目の前で品物の間違いが発覚したのは一昨日がはじめてだ。

今後もほかの店の配達で、同様のことが起こる可能性はゼロではない。店で品物を受け取るときに中身を確認すれば、ミスを未然に防ぐことができた。だが、配達員がそこまでする必要はない。渡された品物を届けるだけでいいのだ。

ただ、自分にも責任の一端があるような気がしてモヤモヤする。クレームの処理は終わっているはずだが、一応、イタリアンｙａｚｉｍａに寄って、話を聞いておいたほうがいいだろう。

午後八時前、配達リクエストが落ち着いた。

今日の仕事はこれで終わりにして、アプリをオフにする。そして、春雄はアパートに帰らずに、イタリアンｙａｚｉｍａに向かった。

しばらく自転車で走ると、住宅街の近くにひっそりと立っている赤い三角屋根の建物が見えてきた。

店内の明かりはついているが、窓のロールカーテンがすべておろされている。クリーム色の布地ごしに、ぼんやりとした光が漏れているだけだ。外にある看板の照明も消えていた。

（もう閉店なのかな？）

そんな雰囲気が漂っている。

一昨日訪れたのは、もう少し早い時間だった。もしかしたら午後八時閉店なのかもしれない。営業は終わっているようだが店内の明かりはついているので、片づけをしている最中ではないか。

京香は正面から入っていいと言っていた。それを思い出して、店の前に自転車をとめるとドアに歩み寄る。だが、鍵《かぎ》がかかっていた。

（帰ろうかな……）

そう思ったが踏みとどまる。

――このお店は五年前にオープンしたんですけど、諸事情で半年ほど閉店していたんです。

京香の言葉が耳に残っていた。

諸事情とはなんだろうか。ほんの一瞬の出来事だったが、京香が見せた淋しげな表情が気になった。

春雄は店の裏にまわると、通用口のドアをノックした。

ところが、反応がない。もう一度ノックするが結果は同じだ。照明を消し忘れているだけで、もう帰ってしまったのだろうか。

（いないなら仕方ないな……）

ドアに背中を向けて、とめてある自転車のもとに戻ろうとする。そのとき、背後でガチャッというドアの開く音がした。

振り返ると、京香が顔をのぞかせている。

一昨日と同じ白いブラウスに焦げ茶のスカート、そして胸当てのあるグリーンのエプロンという格好だ。一瞬、警戒するようなそぶりを見せたが、目が合うとすぐに微笑を浮かべた。

「あっ……確か春雄さんでしたね。こんばんは」

「ど、どうも、こんばんは……」

春雄も慌てて挨拶する。

もう誰もいないと思いこんでいたので、完全に気を抜いていた。それと同時に京香が名前を覚えていたことに驚かされた。

「突然すみません。まだ営業中だと思って来てしまいました」

「ごめんなさい。夜八時までなんです」

まったく悪くないのに、京香は申しわけなさそうな口調になっている。だから、春雄も恐縮してしまう。

「いいえ、調べもせず勝手に来た俺が悪いんですから……」

「あの……一昨日のことですよね」

「え、ええ……」

どう切り出すか迷ってしまう。一応、話を聞こうと思っただけで、身構えられるほどのことではなかった。

「一昨日はご迷惑をおかけして、申しわけございませんでした」

突然、京香が頭をさげる。

春雄が怒っているとでも思ったのだろうか。腰を九十度に曲げて、頭をあげようとしない。

「ち、違うんです。そういうのじゃなくて……」

「とにかく、お入りください」

京香にうながされて通用口からなかに入る。

そこは厨房になっており、すでに片づけはほとんど終わっていた。シンクも調理台も磨きあげられて銀色に輝いている。顔を近づけると鏡のように映るほどだ。整理整頓もされており、清潔感が溢れていた。

「こちらにどうぞ」

案内されるまま厨房を抜けて、客席へとまわる。

カウンター席が五つに、四人がけのテーブル席が三つだ。京香のほかに従業員の姿は見当たらない。すでに帰宅したのだろうか。これだけの客席がある店をひとりで切り盛りするとは思えない。

「ほかの方は？」

「アルバイトの子がいるんですけど、もう帰りました。おかけください」

京香がテーブル席の椅子を引いてくれる。

「ありがとうございます」

恐縮しながら席につく。なにやら想像していた以上に硬い雰囲気だ。

「本当にすみませんでした」

京香は立ったまま頭をさげる。よほど反省しているのか、ひどく落ちこんだ顔になっていた。

「いえ、あの……謝らないでください。俺はただの配達員です。社員じゃなくてアルバイトですから」

一昨日、客から直接クレームを受けたことは伏せておく。実際、怒っているわけでもなければ、迷惑を受けたわけでもない。

「では、どうして……」

「その前に、どうか座ってもらえませんか」

立ったままの京香に椅子を勧める。自分だけが座っていると話しづらい。京香が椅子に腰かけたところで、再び話しはじめる。

「一応、話を聞いておきたかっただけなんです。受け取るときに、中身を確認するべきだったでしょうか」

「その必要はないと思いますよ。こちらが責任を持って用意することですから」

京香は穏やかな声で言うと、自分に言い聞かせるようにうなずいた。

確かに配達員がそこまでする必要はない。マニュアルにないことをすれば、それだけ時間もかかって収入に影響する。会社から指示されていることだけを守っておけばいいのだろう。

「ちなみに先日のペペロンチーノですが、ほかのお客さんに配達するものだったのですか？」

「そうではないんです。わたしが作り間違えただけなんです。集中力を欠いているというか……最近、ぼんやりしてしまうことが多くて……」

京香の声がどんどん小さくなっていく。顔をうつむかせて、なにやらひどく悲しげな感じだ。

「あ、あの……よけいなことを言って、すみませんでした。お客さんも怒っていたわけではありません。どうかお気になさらずに……」

春雄のほうが気を使ってしまう。

最初、知美はかなり怒っていたが、それを伝える必要はない。これ以上、京香を追いこみたくなかった。

「でも、ミスばかりで……わたしの責任なんです」

京香はそう言うと、気持ちを落ち着けるように小さく息を吐き出した。そして、一拍置いてから再び口を開いた。

「じつは、半年前に夫が亡くなったんです」

いきなり衝撃的な言葉が紡《つむ》がれる。

春雄はどう答えればいいのかわからない。相づちを打つこともできず、口を閉ざして固まった。

「体調を崩して病院に行ったら、腫瘍が見つかって……」

京香は小声で話しつづける。

夫はすぐに入院したが、すでに癌《がん》は全身に転移しており、手の施しようがなかった。わずか一か月後、夫は呆気なく亡くなったという。京香と同い年の三十六歳、あまりにも早い最期だった。

そういえば、諸事情で半年ほど閉店していたと言っていた。夫が亡くなって、ふさぎこんでいたのではないか。

「そんなことが……大変だったんですね」

なんとか言葉を絞り出す。

京香は三十六歳という若さで未亡人になってしまったのだ。

こういうとき、どんな言葉をかけるべきなのだろうか。ろくに恋愛もしたことがない春雄には、伴侶《はんりょ》を亡くした人のつらさはわからない。きっと深い深い悲しみなのだろうと想像するだけだ。

「このお店、夫とふたりではじめたんです。自分の店を持つのは、夫の夢だったんです。だから、なんとか守りたくて再開しました。ひとりでは無理なので、アルバイトを募集して……」

そこで言葉を切ると、京香は指先で目もとを拭った。

運よく飲食店で働いた経験のある男性がアルバイトに入ってくれたという。その男性の助言があって、フードデリバリーに登録したようだ。夫が健在だったときは店の切り盛りだけで精いっぱいだったが、これからはフードデリバリーにも力を入れるつもりだったらしい。

「でも、厨房に立つと、夫のことを思い出してしまって……」

京香はすすり泣きを漏らしながら話しつづける。

以前はそんなことがなかったのに、今はミスが増えたという。店でも客に指摘されることが多いようだ。

「ご迷惑をかけてはいけないので、フードデリバリーをやめようかと考えていたところです」

「やめないほうがいいと思います」

春雄はかぶせぎみに否定した。

「フードデリバリーをはじめて、売上が大きく伸びた店もあると聞きます。せっかく登録したのだから、今回のことだけでやめるなんてもったいないです。もうしばらくつづけてから判断してもいいんじゃないですか」

おせっかいと思いつつ、つい熱弁してしまう。

たいていの店は、フードデリバリーをはじめるにあたって、テイクアウト用の容器やレジ袋、割り箸などを大量に仕入れる。途中でやめると、それらが無駄になってしまうのだ。

「でも、ご迷惑では……」

「そんなことはありません。会社のほうだって、登録してあるお店は多いほうがいいに決まってるんですから」

「そうでしょうか……」

「たった一度のミスで、やめることはないと思います」

「わたしなんかのために、一所懸命に説明してくれて……ありがとうございます」

京香はそう言って、またしても涙を流した。

「泣いてばかりでごめんなさい。困っちゃいますよね」

真珠のような涙が溢れて頬を濡らす。

よほど参っているのだろう。おそらく京香は夫を亡くした喪失感を埋められていない。立ち直ることができないまま、店を再開したに違いなかった。

「矢島さんは、がんばりすぎな気がします」

なんとか元気づけたくて、頭に思い浮かんだことを口にする。

「がんばりすぎですか……」

「そう見えます。なんて、偉そうに言える立場じゃないんですけど……」

急に恥ずかしくなってしまう。

自分自身は就職活動で失敗してアルバイト生活を送っている。人にアドバイスできる状況ではなかった。

「春雄さんも、なにかあるんですね」

京香に見つめられて、思わず口ごもる。

だが、この流れで言わないわけにはいかない。春雄は躊躇《ちゅうちょ》しながらも、仕方なく口を開いた。

「就職活動がうまくいかなくて、フードデリバリーをやりながら仕事を探してる最中でして……」

声がどんどん小さくなってしまう。

就職活動に失敗したのは自分の責任だ。昨日も応募した会社から不採用のメールが届いていた。

「俺はもっとがんばらないといけないんです」

「まじめなんですね」

「いえ、まじめだったら、そもそも就職活動に失敗してません」

自嘲的に笑うが、京香は笑わなかった。

「なんだか、夫の若いころに似ています」

京香の夫は、ホテルの厨房で働きながら、自分の店を持つためにがんばっていたという。

今の春雄とは状況がまったく異なるが、京香の目には似ていると映ったらしい。懐かしそうに春雄の顔をじっと見つめている。そして、すっと立ちあがると、ゆっくり歩み寄ってきた。

「春雄さん……お願いがあります」

決意のこもった声だった。春雄の手をそっと握り、熱い眼差しを送ってきた。

3

「矢島さん？」

春雄が困惑している間に、京香が腰をかがめて顔を寄せる。なにごとかと思った直後、唇がそっと重なっていた。

（えっ……キ、キス？）

心臓の鼓動が一気に速くなる。

これが春雄のファーストキスだ。京香の唇は蕩《とろ》けそうなほど柔らかい。軽く触れているだけで、うっとりするような感触だ。

突然のことに驚き、指一本動かせない。すると京香の舌が伸びて、春雄の唇をゆっくり舐《な》める。唾液を塗りつけるように這いまわり、やがて唇の隙間にヌルリッと滑りこんだ。

「ううっ……」

春雄は固まったまま小さな声を漏らす。

もちろん、これがはじめてのディープキスだ。わけがわからず、ただただ困惑している。京香が両手で春雄の頬を挟み、口のなかを舐めまわしているのだ。柔らかい舌で歯茎や頬の内側をじっくり味わうように撫でていた。

「ンっ……ンンっ」

京香は微かに鼻を鳴らしながらディープキスをつづけている。

やがて春雄の舌をからめとり、唾液ごとジュルジュルと吸いあげた。強く吸われるほどに快感が増して、ペニスがビクッと反応するのがわかった。

（ど、どうして、こんなこと……）

もはや春雄はされるがままだ。

身も心も蕩けるような感覚に包まれて、ディープキスの快楽に溺れていく。キスをするだけで、こんなに気持ちよくなれるとは知らなかった。

「ごめんなさい……」

ようやく唇を離すと、京香がぽつりとつぶやいた。

自分の行動を恥じるように、頬をまっ赤に染めている。それでも、気持ちが高揚しているのか、腰をもじもじとくねらせた。

「淋しいんです……今夜だけ夫の代わりをしてくれませんか」

切実な言葉だった。

美しい未亡人に潤んだ瞳で懇願されて、突き放せるはずがない。なにより、春雄自身も昂っている。断るという選択肢はなかった。

「お、俺で、いいんですか？」

「春雄さんじゃないとダメなんです」

京香は春雄の手を取って立ちあがらせる。

向かい合わせで立つと、春雄のほうが十センチほど背が高い。三十六歳の京香はひとまわり以上年上だが、守ってあげたいという感覚がこみあげる。

「背もちょうどこれくらいだったんです」

夫のことを思い出しているらしい。

京香が潤んだ瞳で見あげている。視線が重なると、それだけで春雄の胸は熱いもので満たされた。

「今夜だけでいいんです。お願いします」

「お、俺にできることなら……」

春雄は見つめ返して小さくうなずく。

今だけは旦那の代わりとなって癒《いや》してあげたい。

だが、どうすればいいのだろうか。彼女の求めているものが体だとしたら、満足させられる自信はなかった。

「うれしい。久しぶりなの……」

京香は独《ひと》りごとのようにつぶやきながら、目の前にしゃがみこんだ。両膝を床につけた状態になり、両手の指先を春雄のジャージのウエスト部分にそっとかけた。

（も、もしかして……）

期待と興奮が急激に高まる。

その直後、ジャージとボクサーブリーフがいっしょに引きさげられて、勃起したペニスがブルンッと飛び出した。

「はあっ……素敵です」

京香が熱いため息を漏らして、さっそくペニスの根もとに両手を添える。そっと触れただけで、甘い刺激がひろがった。

「ううっ……」

「すごく濃いにおいがします」

さらに京香が鼻先をペニスを近づける。

熱い吐息が亀頭に吹きかかり、期待がますますふくらんでいく。もしかしたら、はじめて口での愛撫を受けられるかもしれない。それを思うと、先端から我慢汁が噴き出して亀頭を濡らした。

（でも……）

同時に不安もこみあげる。

なにしろ、昼間は自転車に乗って、街のなかを走りまわっていたのだ。汗をたっぷりかいており、当然ながら股間は蒸れている。そんなところを愛撫してもらうのは気が引けた。

「ま、待ってください……汗をたくさんかいたから……」

「大丈夫です。においが濃いほうが好きなんです。夫も濃かったから……」

再びペニスのにおいを嗅がれて、猛烈な羞恥がこみあげる。春雄が腰をよじると、京香はわざと亀頭に息をフーッと吹きかけた。

「ううッ」

「敏感なんですね」

京香はそう言うなり、舌を伸ばして亀頭をネロリッと舐めあげる。裏側の敏感な部分をくすぐられて、たまらず腰がビクッと反応した。

「くおッ……」

軽くひと舐めされただけで、新たな我慢汁が溢れ出す。

ペニスを舐められるのは、はじめての経験だ。女性の舌が触れていると思うだけで快感が何倍にもふくれあがる。

指でしごかれるのとは、まったく異なる刺激だ。さらに京香は脚の間に入りこむようにして、ペニスの根もとから裏スジを舐めあげる。舌先が触れるか触れないかの微妙なタッチだ。

「ううッ、そ、そんな……」

「こういうの、お好きですか？」

京香が濡れた瞳で見あげながら質問する。

好きもなにも、フェラチオ自体がはじめての経験だ。春雄は新鮮な刺激にただ悶えることしかできない。もちろん、その間も京香は舌先をゆっくり動かして、裏スジに這わせているのだ。

「ううッ、す、すごいです」

とてもではないが黙っていられない。

柔らかくて唾液をたっぷり乗せた舌が、裏スジの敏感なところを這っている。亀頭の裏側まで達すると、再び根もとからジワジワと舐めあげていく。これを何度もくり返されることで、我慢汁が大量に溢れて亀頭をぐっしょり濡らした。

「ああっ、においが濃くなりました」

京香がうれしそうにささやく。

その直後、亀頭が熱いものに包まれた。京香がペニスの先端を咥《くわ》えたのだ。亀頭は我慢汁にまみれているというのに、気にすることなく口に含んでいる。そればかりか舌をヌメヌメと這いまわらせた。

「ううッ、そ、そんなことまで……」

「あふっ……むふンっ」

京香はまるで飴玉《あめだま》をしゃぶるように、口内の亀頭を舌で転がしている。唾液と我慢汁がまざり合い、クチュッ、ニチュッという湿った音が響いていた。

そうやって唾液をたっぷりまぶすと、唇を竿に密着させて、顔を股間にゆっくり押しつける。硬く漲《みなぎ》った竿の表面を柔らかい唇が滑り、徐々に根もとまで呑みこまれていく。

「ううッ……うううッ」

「ンっ……ンっ……」

春雄のこらえられない呻き声と、京香の鼻にかかった声が重なる。

やがてそそり勃《た》ったペニスは、根もとまですべて京香の口内に収まった。口腔粘膜の熱さが伝わり、それが快感へと昇華する。包まれているだけで、ペニスが蕩けそうな感覚が押し寄せた。

「す、すごい……くううッ」

ただ呻くことしかできない。こうしているだけでも射精欲が湧きあがり、我慢汁がどんどん溢れてしまう。

だが、京香はそんな春雄の顔を見あげながら、首をゆったり振りはじめる。柔らかい唇で、鉄棒のように硬くなった肉棒の表面をヌルヌルしごく。唾液と我慢汁が潤滑油となり、強烈な快感が突き抜けた。

「ううウッ、そ、それ、ダメですっ」

「なにがダメなんですか？」

京香はペニスを口に含んだまま、くぐもった声で語りかける。そして、舌先で亀頭を舐めまわした。

「で、出ちゃいそうです……うぐぐッ」

奥歯を食いしばり、懸命に射精欲を抑えこむ。しかし、京香の唇が竿をしごくことで、またしても我慢汁が溢れ出した。

「ううウッ、も、もうダメですっ」

大きな声で訴える。

すると、京香はようやく愛撫を中断してペニスを解放した。男根は唾液と我慢汁にまみれており、ヌラヌラと妖しげな光を放っている。もう触れていないのに、先端から我慢汁が次から次へと溢れていた。

「ヒクヒクして、苦しそうですね」

京香がペニスを見つめてつぶやく。

スイッチが入ったように、艶めかしい表情になっている。頬が桜色に染まり、瞳はねっとり潤み、息づかいもハアハアと乱れていた。

4

「わたしも、我慢できなくなってきました」

京香は立ちあがると、ブラウスのボタンを上から順にはずしていく。襟《えり》もとがはらりと開いて、白い胸もとが見えてくる。

乳房を覆っているのは地味なベージュのブラジャーだ。生活感の漂う下着が、妙に生々しく感じる。未亡人の淋しさが滲《にじ》んでいるような気がして、欲望がますます刺激された。

ブラウスを取り去り、スカートをおろしていく。股間に貼りついているのは、ブラジャーとセットのベージュのパンティだ。飾り気のないものだが、かえって淫らに感じるのは熟れた女体のせいだろう。

(こ、こんな身体をしてたんだ……)

春雄は思わず目を見開いて凝視する。どこかおっとりした京香が、これほど淫らな身体をしていることに驚かされた。

三十六歳の女体は全体的にむっちりしている。太腿の張り具合に目を奪われて息を呑む。それでいながら、腰はしっかりくびれており、牡の欲望を煽るような曲線を描いていた。

ブラジャーで覆われた乳房はかなりの大きさだ。カップの縁がプニュッとめりこんで、いかにも柔らかそうだ。むしゃぶりつきたくなるが、春雄には気になっていることがあった。

「今さらなんですけど……」

小声で切り出す。言いづらいが言わないわけにはいかない。あとになってがっかりされるなら、今のうちに伝えておくべきだと思った。

「どうしたんですか？」

下着姿になった京香が小首をかしげる。拒絶されると思ったのか、不安げな表情になっていた。

「じつは、俺、あんまり経験がなくて……」

思いきって打ち明ける。

実際は一度しかセックスの経験はないが、ちっぽけなプライドでごまかした。とにかく、未亡人である京香の欲望を満足させられるとは到底思えない。それだけは事前に言っておきたかった。

「お気になさらないでください。わたしは春雄さんが興奮してくれるだけで、うれしいのですから」

「で、でも……」

「大丈夫です。わたしは男性の温《ぬく》もりが恋しいんです」

京香はそう言って、両手を背中にまわす。ブラジャーのホックをはずすと、乳房の弾力でカップが上方に弾《はじ》け飛んだ。

(で、でかい……)

思わず心のなかでつぶやき、露わになった乳房を凝視する。

双つの柔肉は驚くほど大きい。下膨れした釣鐘《つりがね》形で、タプタプと揺れている。乳首は濃い紅色で、乳輪が少し大きいのが卑猥だ。

京香はブラジャーを取り去ると、パンティをおろしはじめる。さすがに恥ずかしいのか、それとも春雄を焦《じ》らすためなのか、じりじりと引きさげていく。そして、時間をかけてつま先から抜き取った。

これで京香は一糸まとわぬ姿だ。恥丘は濃いめの陰毛で覆われている。形を整えたりはせず、自然な感じで茂っていた。

先ほど久しぶりと言っていたので、夫と死別してから人に見せる機会がなかったのかもしれない。未亡人の淋しさを垣間見た気がして、新たな興奮を覚えるとともに京香を満足させたいという思いがこみあげた。

(俺も脱いだほうがいいよな……)

春雄も服を脱ぎ捨てて裸になる。

窓にはロールカーテンがかかっているので外から見えないはずだが、明るい店内ですべてを晒すのは落ち着かなかった。

「本当にここで、いいんですか?」

素朴な疑問を口にする。

ここは京香の夫が大切にしていた店だという。ここで性行為に及ぶのは、夫を冒涜《ぼうとく》することにならないだろうか。未亡人なので浮気ではない。しかし、春雄のほうが心配になってしまう。

「旦那さんのこと、気になりませんか?」

「夫はわたしを残して亡くなることを最後まで気にしていました。俺が逝《い》ったあとはいい男を見つけて幸せになるんだぞって……だから、いつまでも悲しみに暮れていてはいけないんです」

京香の言葉で納得する。

ただ淋しさに耐えかねて、ほかの男の温もりを求めているだけではない。元気な姿を旦那に見せるために、この場で性交する必要があるのだ。

悲しみから立ち直り、新たな人生を歩みはじめる。旦那の思い出がつまったこの店でセックスするのは、京香の覚悟の表れでもあるのだろう。

「こっちに……」

京香に手を引かれてカウンターの前に移動する。

「うしろから、お願いできますか？」

スツールをよけると、京香はカウンターに両手をついた。

腰を九十度近くまで折り曲げて、尻を後方にぐっと突き出す。足は肩幅より少し開いて、膝はまっすぐ伸ばしている。いわゆる立ちバックの体勢だ。これほど男を挑発する格好があるだろうか。

ついつい視線が尻に吸い寄せられる。

むっちりした肉づきはもちろん、臀裂の深い谷間に誘われる。思わず両手を伸ばして、尻たぶにあてがった。

「あンっ……」

軽く触れただけで、京香の唇から甘い声が溢れ出す。

かなり昂っているに違いない。ペニスを舐めしゃぶったことで、京香の性欲もふくれあがっているのではないか。

（女の人でも欲情するんだな……）

そんな当たり前のことを今さらながら実感した。

手のひらを尻たぶにあてがったまま、指をほんの少し曲げてみる。すると、すべての指先が、尻肉のなかにズブズブと沈みこんでいく。想像以上に柔らかいことに驚かされる。

「ああンっ」

京香が色っぽいため息を漏らすから、ついつい揉んでしまう。

搗《つ》きたての餅を握っているような感触だ。夢中になってこねまわし、さらには臀裂をそっと割り開いた。

「ああっ、ダ、ダメです」

京香のとまどった声が聞こえる。

だが、いやがっているのは口先だけで、体勢を崩すことはない。尻を突き出したまま、されるがままになっていた。

（こ、これは……）

春雄の視線は京香の秘められた部分に吸い寄せられている。

くすんだ色のすぼまりは肛門だ。視線を感じているのか、ヒクヒクと微かに動いているのが卑猥だ。その下には鮮やかな紅色の陰唇が見えている。やはり視線を感じて興奮しているのか、合わせ目から透明な汁がジクジクと滲んでいた。

「見てるだけなんて……」

京香が焦れたようにつぶやき、濡れた瞳で振り返る。せつなげな顔で挿入をねだって、尻を左右にくねらせた。

もう我慢ができないほど興奮しているらしい。

(お、俺も……)

興奮しているのは春雄も同じだ。

しかし、セックスの経験は一度しかない。しかも、騎乗位で自分は仰向けになっているだけだった。うまく挿入できるか自信がなかった。

とにかく、勃起したペニスを右手で持つと、先端を陰唇にそっと押しつけた。愛蜜の弾ける音が聞こえて気分が高まる。膣口の位置がわからず、亀頭を上下に動かしてみた。

「あンっ……く、ください」

京香が尻を上下に動かす。

自ら膣口と亀頭の位置を合わせようとしているらしい。やがて亀頭の先端がヌプッとわずかに沈みこんだ。

「あっ……そ、そこです」

「は、はい……」

位置さえわかれば、あとはなんとかなる。

このまま押しこめば挿入できるはずだ。腰をゆっくり寄せれば、亀頭はいとも簡単に吸いこまれる。二枚の陰唇を巻きこむようにしながら、膣のなかにズブズブと入っていく。

「あああッ、ゆ、ゆっくり……」

京香が大きな声をあげる。そして、慌てて右手を背後に伸ばすと、春雄の腰にあてがった。

「ひ、久しぶりなんです。だから……」

「わ、わかりました……ゆ、ゆっくりですね」

口ではそう言いつつ、腰をさらに押しつけてしまう。

ペニスを包む媚肉の感触がたまらない。もっと感じたくて、腰が勝手に動いてしまう。深い場所まで突きこんだら、どんなに気持ちがいいのだろうか。考えるだけで興奮が高まっていく。

「ああッ、ま、待って……はあああッ」

「こ、腰が勝手に……ううううッ」

ついにペニスが根もとまで女壺に収まった。

猛烈に締めつけられて、いきなり快感の大波が押し寄せる。まだ挿入しただけなのに、早くも射精欲が生じていた。

「は、春雄さんの大きい……はンンっ」

京香がうわずった声でつぶやく。

久しぶりにペニスを受け入れたことで、膣が驚いているのかもしれない。先ほどから女壺全体がヒクヒクと震えていた。

「そ、そんなに締めないでください……」

「ち、違うの、ああッ、し、締めてるわけでは……」

「ううウッ、す、すごいっ」

まずはペニスと膣をなじませようと思うが、じっとしていられない。

気持ちよすぎて腰が動いてしまう。ピストンしてペニスを出し入れすると、さらに快感が高まっていく。

「こ、こんなに気持ちいいなんて……ううッ」

「ああッ、ダ、ダメですっ、あああッ」

京香の背中が弓なりに反り返る。

喘ぎ声が大きくなり、膣がさらに締まった。すると、ペニスに受ける快感が倍増して、腰の動きが加速していく。

（こ、このままだと……）

すぐに達してしまいそうだ。

早すぎるのは格好悪い。京香を満足させるのはむずかしいと思うが、それでも数秒で達するわけにはいかなかった。

（くうッ、ま、まだまだ……）

懸命に快感の波をやり過ごすと、京香の背中に覆いかぶさる。そして、両手を前にまわしこんで、双つの乳房を揉みしだいた。

「はああンっ」

京香の唇から甘い声が漏れる。

それならばと指先で乳首を摘まんでクニクニと転がした。すると、その刺激に連動して膣がキュウウッと収縮した。

「くううッ、き、気持ちいいっ」

もう腰の動きをセーブすることはできない。両手で京香のくびれた腰をつかみ、ペニスを力強く出し入れする。

「あああッ、は、激しいですっ」

「す、すみませんっ、腰がとまらないんですっ」

「ああッ……あああッ」

京香の喘ぎ声が大きくなる。両手の爪をカウンターに立てて、顔を思いきり跳ねあげた。

「おおおおッ、も、もうっ」

射精することしか考えられない。腰を思いきり振りまくり、ペニスで膣のなかをかきまわす。

「そ、そんなにされたら……はあああッ」

女壺の反応は凄まじい。無数の膣襞が亀頭と竿にからみつき、奥へ奥へと引きこんでいく。

「おおおッ、お、俺っ、もうっ、おおおおッ」

最後の瞬間が迫っている。春雄は本能のままに腰を振り、ペニスを思いきりたたきこんだ。

「くおおおおッ、で、出るっ、ぬおおおおおおおッ!」

ついに精液が勢いよく噴きあがる。膣で締めつけられることで尿道が圧迫されて狭くなり、ザーメンの流れる速度が加速した。鮮烈な快感が突き抜けて、もうなにも考えられなくなった。

「ああああッ、い、いいっ、はあああああああッ!」

京香が髪を振り乱して、よがり泣きを響かせる。

ザーメンを大量に注ぎこまれた衝撃で女体が激しく震え出す。深く埋まったままのペニスをこれでもかと締めつけた。

「おおおおおッ！」

春雄は女体をしっかり抱きしめて、二度三度と精液を注ぎこむ。全身が蕩けるかと思うほどの快感が延々とつづいている。この愉悦を終わらせたくない。はじめての立ちバックで、いつまでも腰を振りつづけた。

5

「無理を言ってごめんなさい。ありがとうございました」

京香があらたまった様子で礼を言う。

すでに身なりを整えており、なにごともなかったように椅子に腰かけている。しかし、顔がほんのり桜色に染まっていた。

「わたしみたいなおばさん、いやだったでしょう？」

「全然そんなことないです」

春雄は即座に否定する。

「矢島さんは、とても魅力的だと思います」

言った直後に顔が熱くなる。

女性を褒めるのは照れくさい。だが、本心から思っている言葉だ。ふだんはやさしいのに、セックスになると激しく乱れる。京香の意外な一面を見たことで、強烈に惹《ひ》きつけられていた。

「お世辞でもうれしいです」

京香はそう言って微笑を浮かべる。

「お世辞じゃないですよ。本気で言ってるんです」

つい声が大きくなる。

元気になってもらいたい。自分の魅力に気づいてもらいたい。そんな気持ちが抑えられなかった。

「ありがとう……ふふっ」

京香がうれしそうに笑う。

これまでとは異なる、なにか吹っきれたような笑顔になっている。春雄と交わったことで、なにか変化があったのだろうか。

「春雄さんはおいくつ？」

「二十三です」

「お若いのね」

年齢を尋ねると、京香はなにかを考えこむような顔になる。そして、再び口を開いた。

「じつは、今うちでアルバイトをしている人、夫の昔の職場の後輩なんです。だからずっと前から知り合いで……」

なにやら頬を桜色に染めて、はにかんだ笑みを浮かべている。

「その方から、交際を申しこまれているんです。支えてあげたいって言われて……でも、四つも年下だから迷っていたんです」

「いいお話じゃないですか。四つなんて、まったく問題ないですよ」

「そうでしょうか。いざお付き合いすることになって、彼ががっかりするんじゃないかと心配で……」

「大丈夫です。俺が保証します。矢島さんはとっても魅力的です」

春雄は力強く言いきった。

京香ほどの女性なら、がっかりする男はいないと思う。実際、春雄は出会ったばかりなのに惹かれているのだ。

「ありがとうございます。春雄さんのおかげで、一歩踏み出せそうです」

京香の顔は晴れ晴れとしている。

少しでも力になれたのならうれしく思う。

仕事の話をしに来たのに、まさかセックスすることになるとは思いもしない。しかも、恋の相談に乗るとは、まったく予想外の展開だった。

(俺もがんばらないとな……)

早く正社員の働き口を見つけて、その次は彼女を作りたい。

京香を見ていると、うらやましく感じる。夫を亡くしてつらい思いをしたが、今は新しい恋を見つけて幸せそうだった。

第三章　人妻たちに挟まれて

1

基本的に火曜日は休みにしている。

とはいってもゴロゴロしているわけではない。朝から就職情報誌とスマホで求人のチェックをしている。

書類選考すら通らないので、多少は妥協することを覚えた。贅沢ばかり言っていられない。このまま年を取ってしまったら、なおさら就職はむずかしくなる。早くアルバイト生活から抜け出したかった。

仕事を探しているうちに一日が終わった。

明日からまたフードデリバリーに精を出す。しかし、雨が降っているのが気にかかる。明日も雨の予報だ。悪天候のなか、レインコートを着て自転車で配達するのはつらい。天気が回復してくれることを祈りながら横になった。

翌朝、目が覚めると雨の降る音が聞こえた。

窓から外を確認するまでもなかった。朝から憂鬱になるがやるしかない。働かなければ食えないのだ。

それにフードデリバリーの配達員にとって、雨は悪いことばかりではない。悪天候のほうが注文が多く入るのだ。こういう日こそ休まずに働くのが効率のいい稼ぎかただと知っていた。

いつものようにトーストと目玉焼きの朝食を摂り、昼飯用のおにぎりを作る。そして、レインコートを着ると出発だ。

雨のなか駅前のロータリーに向かうと、アプリをオンにする。とたんに配達リクエストが入った。

(どうせ濡れるんだ……)

やるからには稼ぎたい。

さっそく配達リクエストを受けつけると、表示されたハンバーガーショップに急いで向かった。

店頭でレジ袋に入った品物を受け取る。濡れるとクレームが入るので、慎重に配達バッグのなかに収めた。

配達先は住宅街の奥にあるアパートだ。

距離があるうえ起伏もある。実際のところ、自転車での配達は距離よりも登り坂がきつい。雨が降るなか懸命にペダルを漕いで坂道を登ると、レインコートを着ているため汗だくだ。

（これじゃあ、雨に打たれても同じだよ）

ようやく目的地のアパートに到着する。

なんとか呼吸を整えると、客の部屋に向かう。受け渡し方法の指定は手渡しだ。インターホンのボタンを押すと、すぐに返事があった。

「はい……」

不機嫌そうな男の声だ。

「グルメ宅配便です。ご注文の品をお届けにあがりました」

春雄は緊張ぎみに語りかける。

すると無言でインターホンがプツッと切れた。なにかいやな予感がする。とにかく配達バッグを地面に置いて、すぐに品物を渡せる準備をした。

ほどなくしてドアが勢いよく開け放たれる。客は中年の男だ。あからさまに不機嫌そうで、いきなり春雄の顔をにらみつけた。

「遅いよ」

かなり苛ついている様子だ。

しかし、配達予定時刻を過ぎたわけではない。大幅に過ぎたときは、会社にクレームを入れれば返金になる。しかし、今回は予定時刻前だ。

(めんどうな客に当たっちゃったな……)

心のなかで愚痴るが顔には出さない。

おそらく、この客はどんなに早く配達しても文句を言うタイプだ。予定時刻前だと言ったところで、逆上させるだけなのは経験上わかっている。こういうときは、とっとと品物を渡して退散するに限る。

「申しわけございません」

春雄は反論することなく、配達バッグからレジ袋を取り出した。

「こちらです。どうぞ」

なるべく丁寧に差し出すと、男は苛立った様子で奪い取った。

「なんだよこれ、濡れてるぞ」

そう言われて確認する。

レジ袋に雨粒が二、三滴ついていた。普通の人なら気にするレベルではない。むしろ「雨のなかをありがとう」と言ってもらえることのほうが多い。最悪な客に当たってしまった。

「申しわけございません」

機械的に同じ言葉をくり返す。

こういう客に反論したところで逆効果だ。とにかく下手に出て、頭をさげつづけるしかない。

「食べ物が入ってるんだぞ。なにかあったらどうするんだ」

男はいつまでも怒っている。

レジ袋の外側に雨粒が数滴ついていたからといって、なにかあるとは思えない。だが、そんなことを言えば、よけいに話がめんどうなことになる。

「もし、俺が体調を崩したら、これを食べたから――」

男の気が収まるまで、黙って聞きつづけるしかない。

似たようなことを何度も経験している。春雄は顔をうつむかせて、時間がすぎるのをじっと待った。

男はようやく気が晴れたのか、ドアを勢いよく閉めた。

(いきなり、これかよ……)

小さく息を吐き出すと、雨のなか自転車に戻る。

いやな気分になるが、落ちこむことはない。聞き流す技術が必要だ。これくらいでダメージを受けるようでは、この仕事はつづけられなかった。

(よし……)

気持ちを入れ替えて駅に向かう。

雨はしばらくやみそうにない。この天気なら注文が途切れることなく入るに違いなかった。

2

予想どおり、今日は大忙しだった。

かなりの件数をこなしたので、それなりの稼ぎになっているはずだ。雨と汗でずぶ濡れだが、がんばったかいがあるというものだ。

(あと一件で終わりにしよう……)

さすがに疲れがたまっている。

無理をすると危険だ。時刻は午後七時をまわったところだが、少し早めに切りあげることにした。

配達を終えて駅に向かう途中、信号待ちをしているときにウエストポーチのなかでスマホが鳴った。配達リクエストが届いたらしい。さっと出して確認すると、すぐに受けつけボタンをタップした。

駅前の中華料理店から住宅街の一軒家への配達だ。

まずは店で品物をピックアップする。店の人に汁物もあると言われて、慎重に配達バッグへ収めた。

配達先は駅の反対側の住宅街だ。

道路の段差に気をつけながら、スピードもキープする。汁物がこぼれないように意識しつつ、時間も気にしながら走った。

（このあたりだな……）

スマホの地図で確認しながら、住宅街をゆっくり流す。すると、すぐに配達先の一軒家が見つかった。

門の前で自転車から降りる。

瀟洒《しょうしゃ》な白壁の二階建てで、広々としたバルコニーが特徴的だ。庭も広くて、家の隣には車が三台は停められそうな大きなガレージもある。

（豪邸だな……）

二階建ての立派な家に圧倒される。

これまで配達したなかで、間違いなくいちばん大きな家だ。気後《きおく》れしながら、門扉の横にあるインターホンのボタンを押した。

「はい、どちらさまでしょうか」

すぐに落ち着いた感じの女性の声が聞こえた。

きっとセレブな人妻だ。いや、もしかしたらお手伝いさんかもしれない。これくらい大きな家なら、使用人がいてもおかしくなかった。

「グ、グルメ宅配便です。ご注文の品をお届けにあがりました」

緊張して声がうわずってしまう。それでも、なんとか持ち直して、決まり文句を最後まで言いきった。

「鍵を開けるので、玄関まで持ってきてくださるかしら」

「は、はい……」

返事をした直後、門からカチッという微かな音が聞こえた。

部屋のなかから門の鍵を開けられるシステムらしい。門を通って家の玄関まで進むと、ちょうどドアが開いた。

「お待たせしました。グルメ宅配便です」

慌てて挨拶した直後、現れた女性の顔を見てはっとする。

「えっ……」

思わず目を見開いて固まった。

一瞬、自分の目を疑うが間違いない。目の前に立っているのは滝川知美だった。筆おろしをしてくれた女性を忘れるはずがなかった。

「あら、春雄くんじゃない」

知美も驚いた顔をしている。

白いブラウスに水色のフレアスカートという服装だ。春雄の顔をまじまじと見つめて、ふっと表情を緩めた。

「すごい偶然ね」

「ど、どうして知美さんがここにいるんですか？」

突然のことに動揺して、つい下の名前で呼んでしまう。

この間は名字で呼んでいたが、なにしろ記念すべき初セックスの相手だ。「滝川さん」では硬い気がする。あの日のことを思い出すときは、心のなかで「知美さん」と呼んでいた。

「ずいぶん、なれなれしいじゃない」

「す、すみません、つい……」

「ふふっ……別にいいわよ」

知美は気を悪くした様子もなく笑っている。むしろ機嫌はよさそうだ。なにやら妖しげな笑みを浮かべて春雄の顔を見つめていた。

「あの、それで……どういうことですか？」

「わたしはこの家の奥さんと仲がいいのよ。旦那さんが出張中で留守だから、遊びに来ていたの。それでお腹《なか》が空《す》いたから、デリバリーを頼んだってわけ」

インターホンの応対をしたのは、この家の住人、新山由香里《にいやまゆかり》だという。そして、知美が品物を受け取りに出てきて、春雄と対面したのだ。

「すごい偶然だと思わない？」

「そ、そうですね……」

うなずきながら配達バッグを開けると、レジ袋を取り出した。

「あの……こちらがご注文の品になります。汁物があるのでお気をつけください」

慎重に差し出すが、知美は受け取ろうとしない。家のなかに戻り、玄関ドアを大きく開いた。

「リビングまで運んでもらえるかしら」

知美は当たり前のように告げる。冗談を言っている雰囲気ではなかった。

「そういうことは、やってないんですけど……」

なにやら不安がこみあげる。言葉を選んで断るが、知美はまったく引きさがる気配がない。

「そんな硬いこと言わなくてもいいじゃない。びしょ濡れだし、ついでに少し休憩したら？」

「お部屋を汚してしまうので……」

「そんなこと気にしなくていいのよ。ほら、あがりなさいって」

知美は自分の家でもないのに、勝手に話を進めていく。よほど由香里と仲がいいのだろうか。

「怒られませんか？」

「由香里さんは心が広い人だから大丈夫よ」

「い、いや、でも……」

汗もかいているので躊躇する。こんなに汚れた格好で、この豪邸にあがるのは気が引けた。

「ところで、何時まで仕事なの？」

急に知美が口調を変えて質問する。

「この配達が最後です」

春雄は反射的に答えた。

その直後、知美がニヤリと笑う。そして、逃がさないとばかりに、春雄の手首をしっかりつかんだ。

「それなら、ちょうどいいじゃない。ゆっくりしていきなさい」

「ちょ、ちょっと待ってください。本当に大丈夫なんですか？」

「大丈夫だって言ってるでしょ。ちょうど春雄くんのことを話していて、由香里さんも会ってみたいって言ってたのよ」

知美の言葉を聞いて、不安がさらに色濃くなっていく。いったい、どんな話をしていたのだろうか。

「俺の話って、まさか、あのことを……」

春雄の脳裏にまっ先に浮かぶのは、はじめてのセックスだ。

知美に筆おろしをしてもらったことは、心と体に刻みこまれている。一生忘れることのない思い出だ。むやみに人に話してほしくなかった。

「なに言ってるの。あのことを話すわけないじゃない。春雄くんだって恥ずかしいでしょう。ああいうことは、ふたりだけの秘密よ」

「ですよね……安心しました」

ほっと胸を撫でおろす。それと同時に別の疑問が湧きあがった。

「じゃあ、由香里さんという方は、どうして俺に会いたがってるんですか？」

「それなんだけど……」

知美の口調が重くなる。

「じつは、由香里さんの旦那さんが浮気をしてるのよ。それで悩んでいて、男の人の意見を聞いてみたいって……」

「な、なるほど……」

なにやら深刻な雰囲気だ。

旦那の浮気で、よほど苦しんでいるに違いない。そんな話を聞いてしまったら断りづらくなってしまった。

「わたしもそのことで相談に乗っていたの。若い男の人の意見が知りたいのよ。春雄くん、協力してくれないかな」

「わかりました」

初体験の相手である知美に懇願されたら断れない。春雄は責任の重大さを感じながらうなずいた。

3

玄関でレインコートを脱いで、汗だくのTシャツとジャージ姿になる。

雨がスニーカーに染みて、靴下もぐっしょり濡れていた。こんな格好であがっていいのか再度確認するが、知美はまったく気にする様子もなかった。

「由香里さんって、どんな方ですか？」

長い廊下を歩きながら質問する。こんな豪邸に住めるのはどんな人なのか、純粋に興味があった。

「大学時代の先輩なの。わたしのふたつ年上だから三十歳ね。テニスサークルでいっしょだったの。穏やかでやさしい人よ」

知美はさらりと教えてくれる。

だが、なにか気になることでもあるのか、心ここにあらずといった感じだ。そこはかとない不安を覚えながらも、ついていくしかなかった。

知美につづいてリビングに足を踏み入れる。

まず目に入ったのは、天井から吊るされたシャンデリアだ。宝石をちりばめたように光り輝いており、眩くて目を細めるほどだった。

さらに床は大理石で、白くてフワフワした毛皮が敷いてある。この上を歩いていいのか躊躇してしまう。だが、知美が平気で踏んでいくので、春雄も恐るおそるあとにつづいた。

テレビは百インチはありそうな大画面で、サイドボードやローテーブル、それにソファはロココ調で統一されている。見るからに高価そうな物ばかりだ。しかし、ソファに腰かけている女性はさらに強烈な存在感を放っていた。

（この人が、由香里さん……）

春雄は足がすくんで動けなくなった。

こちらに背中を向けているため顔は見えない。それでも、これまで経験したことのないオーラを感じる。これがセレブの空気感なのかもしれない。うしろ姿だけで圧倒されていた。

「由香里さん、偶然、春雄くんが配達に来てくれましたよ」

知美が声をかける。

すると、由香里がすっと立ちあがり、ゆっくり振り返った。その瞬間、春雄は思わず目を見開いてあとずさりした。

(き、きれいだ……)

ひと目見た瞬間、自分とは住む世界の違う女性だと感じた。

想像していたとおり、いや、想像以上の美しさだ。明るい色の髪がふんわりしており、肩に柔らかく垂れかかっている。スラリとした身体を、シックな黒いノースリーブのワンピースに包んでいた。

「はじめまして」

由香里が穏やかな微笑を浮かべる。

目が合っただけでドキドキして、言葉が出なくなってしまう。春雄はかろうじて頭をさげるだけで精いっぱいだ。ゴージャスな雰囲気に呑まれて、早くも逃げ出したくなっていた。

「あなたが春雄くんね。ちょうど噂をしていたのですよ。こちらにどうぞ」

「し、失礼します」

うながされるまま歩を進める。

そして、三人がけのソファの中央に腰をおろす。右側には由香里が、左側には知美が座り、春雄は挟まれた格好だ。

(どうして、こんなことに……)

極度の緊張状態に陥《おちい》り、どこを見ればいいのかわからない。

左右からふたりの美女の視線を感じて、春雄は正面にある電源の入っていないテレビを見つめていた。

「喉を潤してください」

由香里がそう言って、ローテーブルに置いてあるグラスに赤ワインを注ぐ。

どうやら、ふたりで飲んでいたところらしい。ワインのボトルにはロマネコンティと書いてある。もちろん飲んだことはないが、それが高級ワインだということは知っていた。

「では、乾杯しましょうか」

「あ、あの、自転車なのでお酒は……」

遠慮がちにつぶやくと、すかさず左隣の知美が肩に手をかける。そして、耳もとに口を寄せた。

「それなら泊まっていけばいいじゃない」

なにやら意味深な言いかたにドキッとする。

「な、なに言ってるんですか」

慌てて言い返すと、今度は右隣の由香里がささやいた。

「構いませんよ。夫は出張中ですから」

「い、いや、でも……」

「ふふっ、かわいいわ」

由香里は楽しげに目を細める。

なにやら聞いていた話とだいぶ違う。由香里は夫の浮気で悩んでいるのではなかったか。ところが、先ほどからそんな悩みなど感じさせない微笑を浮かべている。もしかしたら、無理をして笑っているのだろうか。

「あっ、お渡しするのを忘れてました」

はっと気づいて、手に持ったままのレジ袋をローテーブルの上に置く。

中身は中華料理だが、ワインに合うのだろうか。微かに首をかしげると、またしても知美が口を開いた。

「ワインに合わないって思ったでしょう」

「い、いえ、決してそんなことは……」

図星を指されて、またしてもドキッとする。知美は鋭いところがあり、心を見透かされている気がした。

「由香里さんは趣味でソムリエの資格を取ったのよ。だから、どんな料理とのペアリングもできるの」

この家の地下には大きなワインセラーがあり、何百本ものワインが貯蔵されているという。

「そ、そうなんですか……」

なにもかもが規格外だ。自分のような庶民が口を出せる世界ではなかった。

「では、乾杯しましょうか」

再び由香里が笑顔で告げる。

もはや断れるような雰囲気ではない。自転車は押して帰ることにして、ワイングラスの細い脚をそっと摘まんだ。

「い、いただきます」

ワインを口に含むと、高級だとわかっているせいかうまい気がした。

「やっぱりおいしいわ」

左側で知美がつぶやけば、右側の由香里が上品そうにふふっと笑う。ふたりの間に挟まれている春雄は、緊張で全身をカチカチにこわばらせていた。

（帰りたい……）

どうして、家にあがってしまったのだろうか。

今さらながら後悔の念が湧きあがる。最初から相談などなかったに違いない。これはセレブがワインを嗜《たしな》む会だ。春雄はそこに連れこまれたのだ。とにかく、この時間が早く終わってくれることだけを祈っていた。

「たくさん召しあがってね」

由香里が耳もとでささやく。

熱い息を吹きこまれると、背スジがゾクゾクするような刺激が走り抜ける。緊張しているのに邪《よこしま》な感情が湧きあがる。それをごまかすためにワインを飲むと、由香里がどんどん注いでしまう。

（や、やばい……）

気づくと頭の芯がジーンと痺れていた。

ワインを飲みすぎたらしい。理性が麻痺して、欲望がむくむくと頭をもたげる。両側に美女が座り、身体を寄せているのだ。この状況で緊張が解ければ、残るのは興奮しかなかった。

「由香里さん、そろそろ本題に入ったらどうですか」

知美が話しかけると、由香里は小さくうなずいた。

「そうね。春雄くん、相談があるの」

あらたまった感じで話しかけられて、反射的に姿勢を正す。

どうやら、本当に相談したいことがあったらしい。完全に気を抜いていたので焦ってしまう。確か旦那が浮気をしているという話だった。

「男の人の意見を聞きたいの。いいかしら?」

「は、はい、もちろんです」

そのために春雄はここにいるのだ。

(もしかして……)

ワインを飲んでいたのは緊張をほぐすためだったのではないか。素面《しらふ》では話せないほど深刻な話があるのではないか。

(俺、勘違いしてたんだ……すみません)

申しわけない気持ちになり、心のなかで謝罪する。そして、真剣な気持ちで由香里の目を見つめた。

「夫はIT関係の会社を経営しているのだけど、秘書の女と浮気をしているの。それも何年も前から」

やはり重い話になりそうだ。

春雄は声に出すことなく、小さくうなずいた。下手なことを言えば、別れ話に発展する可能性もある。意見を述べるのは、求められたときだけにするつもりだ。

「結婚したのは七年前よ。そのとき、すでにその女が秘書をしていた。おそらく関係は結婚前からつづいているはず」

由香里は淡々と話している。

努めて感情の起伏を抑えているのかもしれない。夫が長年浮気をしているという事実に、打ちのめされているように見えた。

「しかも、秘書は結婚しているの」

またしても衝撃の事実だ。

驚いたことにダブル不倫だという。それを何年もつづけているとは、どういう神経をしているのだろうか。互いに伴侶がある身でありながら、ほかの相手と関係を持つ意味がわからない。

(でも、俺に相談したところで……)

困惑を隠せず眉根を寄せる。

女性と付き合った経験もないのに、答えられることなどない。いったいなにを相談するつもりだろうか。

「わたし、夫とは二十も違うの。夫からしたら、若い女と結婚したっていうのがステータスなのね。パーティには連れていきたがるけど、寝室では見向きもしないのよ。セックスの相性は秘書のほうがいいみたい」

急に艶めかしい話になり、相づちを打つこともできない。どう反応をすればいいのか困ってしまう。

「だから、ずっとセックスレスなのよ。そういうことだから、わかるでしょ？」

「えっと……どういうことでしょうか？」

意味がわからずに聞き返す。

すると、由香里はなにかを言いかけて口を閉ざし、助けを求めるように知美に目配せした。

「つまり、由香里さんはお相手を探してるのよ」

「お相手？」

「もう、どうしてわからないの。一夜限りのセックスを楽しめる後腐れのない相手ってことよ」

知美にはっきり言われて、ようやく理解できた。そんなことはまったく考えていなかったので、説明されるまで気づかなかった。

「てっきり離婚の相談をされるのかと……」

「離婚をする気はないわ。だって、あの人、お金持ちだもの。お互いにメリットがあるから成り立ってるのよ」

　由香里の言葉に愕然とする。

　セレブの結婚ともなると、そういうこともあるのかもしれない。だが、愛のない結婚生活に意味はあるのかは疑問だった。

「とにかく、由香里さんは遊んでくれる若い男を探しているのよ」

　再び知美が語りかけてくる。

「そんな都合のいい男、俺の知り合いにはいません」

　春雄はきっぱり言いきった。

　ところが、なぜか知美はニヤリと笑う。由香里も頬をほんのり桜色に染めて、なにやら楽しげだ。

「どういうことですか……」

　意味がわからず首をかしげる。

　その一方で、もしやという思いも湧きあがっていた。だが、そんなはずはないと心のなかで否定した。

「わたしが知り合いにいい子がいるって、春雄くんを推薦したの」

「どうして、俺を……」

「春雄くんは初心《うぶ》だけどオチ×チンが大きいのよね。遊び相手にちょうどいいと思ったの」

由香里の口から信じられない言葉が飛び出す。

どうして初対面の由香里が、春雄のペニスのサイズを知っているのだろうか。追及するまでもなく、答えはひとつだけだ。

「あのことは話してないって言ったじゃないですか」

春雄は慌てて由香里に背中を向けると、知美に向かってささやいた。

「ええ、話してないわよ。カルボナーラとペペロンチーノを間違えたのよね。あの恥ずかしいミスのことは、わたしと春雄くんだけの秘密よ」

「あのことって、そのことじゃないですよ。だいたいカルボナーラの件は、俺のミスじゃないんですから」

むきになってまくし立てるが、今さらどうにもならない。

知美は口もとに笑みを浮かべている。おそらく、筆おろしのことを、すべて由香里に話したに違いない。そして、春雄は後腐れのない相手に認定されたのだろう。しかし、連絡の手段はなかった。

普通ならここで終わっていたところだ。

ところが、たまたま春雄がデリバリーでこの家を訪れた。奇跡的な偶然が、春雄とふたりの人妻を引き合わせたのだ。

「そういうことだから、春雄くん、よろしくね」

知美がそう言ってふふっと笑う。

「春雄くんの大きいオチ×チン、試してみたいな」

由香里も期待に満ちた瞳を春雄に向けた。

（ウソだろ、どうなってるんだよ……）

春雄は左右を交互に見やり、頬の筋肉をひきつらせる。

いったい、なにが起きるのだろうか。不安がこみあげるが、それだけではない。同時に抑えきれない期待も胸にひろがっていた。

4

「こちらにいらして」

由香里に手を引かれて、リビングをあとにする。

もはや抗《あらが》うつもりはない。ワインを飲んだことも影響しているのかもしれない。理性が薄れており、不安より期待のほうがうわまわっている。なにが起きるのか想像するだけで、胸の鼓動が速くなった。

階段で二階にあがり、長い廊下を歩いていく。背後から知美もついてくる。いったい、どうなってしまうのだろうか。

廊下の突き当たりにあるドアを由香里が開ける。

そこは三十畳はあろうかという無駄に広い寝室だ。中央にキングサイズのベッドがあり、サイドスタンドの飴色の光が室内をぼんやり照らしている。なにやら妖しげな雰囲気で期待に拍車がかかった。

「楽しみましょう」

ベッドの前まで進むと、由香里が向かい合って春雄の目を見つめる。

距離が近くてドキドキがとまらない。由香里の両手が肩にそっと添えられて、顔がゆっくり近づいてくる。

「ちょ、ちょっと、待ってください。ここではまずくないですか」

「どうして？」

由香里は顔を近づけたまま首をかしげる。

「だって、ご夫婦の寝室ですよね」

「あの人は出張中だから問題ないわ」

「で、でも……」

「いっしょに寝てるけど、セックスはもう何年もしてないの」

こともなげに言うと、由香里は視線をすっと落とした。

「由香里さん？」

「今ごろ秘書といっしょなのよ。だから、わたしもときどき羽を伸ばすの。そうじゃないとやってられないわ」

その言葉に本心が滲んでいる気がした。

もしかしたら、ドライな夫婦関係を淋しく思っているのかもしれない。なんでもないふりをしているが、本当は割りきれない部分があるのではないか。だから、こうして男を誘いこんで遊んでいるのかもしれない。

「今夜は春雄くんが楽しませてくれるんでしょう？」

由香里が至近距離で見つめてささやく。

甘い息が鼻先をかすめて、春雄は思わずうっとりする。無意識のうちに大きく息を吸いこむと、意を決してうなずいた。

「は、はい……俺でよければ」

「ふふっ、やっぱりかわいいわ」

由香里はそう言って、唇をそっと重ねる。

両手を春雄の後頭部にまわしこむと、いきなり口のなかに舌をねじこんだ。舌を吸いあげては唾液をすすり飲む、強烈なディープキスがはじまった。

「うむッ……ゆ、由香里さん」

貪《むさぼ》るように口内を舐めまわされて、蕩けるような感覚が押し寄せる。キスだけで興奮が高まり、ペニスがむくむくとふくらんでいく。ジャージの股間が盛りあがって、由香里の下腹部を圧迫した。

（や、やばい……）

慌てて股間を離そうとするが、腰に手をまわされてさらに密着する。柔らかい下腹部で押されて、甘い刺激がひろがった。

「ううッ……」

「硬いのが当たってるわ」

キスをしながら由香里がうれしそうにつぶやく。そして、わざと腰を左右に揺らして、さらなる刺激を送りこんできた。

「くううッ、そ、そんなにされたら……」

ペニスは完全にそそり勃《た》ち、彼女の下腹部にめりこんだ。

快感が大きくなり、欲望がどんどん大きくなる。いつしか春雄も舌を伸ばして、由香里の口のなかを舐めていた。

「はンンっ……意外に積極的なのね」

「ゆ、由香里さんがいやらしいから……うむむっ」

夢中になって人妻の口内をしゃぶりまわす。甘い唾液をすすりあげては、次々と飲みくだした。

「ずいぶん熱い口づけを交わしてるじゃない」

背後から知美が抱きつき、耳もとでささやく。両手を胸板にまわしこんで、Tシャツの上から乳首をクニクニといじりはじめた。

「ううッ、そ、そこは……」

「ほら、もう硬くなってきた。乳首も感じるでしょう」

知美の声は楽しげだ。

布地ごしに乳首を転がしては、指先でキュッと摘まむ。春雄がたまらず体をよじると、耳もとで妖しげな笑い声が聞こえた。

「男の子を悶えさせるのが大好きなの。今夜はふたりがかりで、たっぷり感じさせてあげる」

知美が背後からTシャツの裾を摘まんで、ゆっくりまくりあげる。

すると、正面の由香里は目の前にしゃがみこんで、ジャージとボクサーブリーフをまとめて引きさげにかかった。

「こ、こんなこと、いつもやってるんですか？」

春雄はされるがままになりながら尋ねる。

知美と由香里は、ふたりがかりのプレイに慣れているようだ。これがはじめてとは思えなかった。

「ときどきよ。後腐れのない男の子って、そうそういないのよ」

知美が背後でささやき、春雄のTシャツを頭から抜き取る。

「だから、今夜は楽しみましょうね」

正面の由香里がにっこり微笑《ほほえ》む。そして、ジャージとボクサーブリーフをおろすとつま先から抜き取った。靴下も脱がされると、春雄はなにも身につけていない状態になった。

「素敵よ。本当に大きいわ」

由香里は剝き出しになったペニスを見つめて、うっとりした声を漏らす。

熱い吐息が張りつめた亀頭に吹きかかる。すでに男根は雄々しく勃起しており、竿の部分も野太く成長していた。

「そ、そんなに見られたら……」

まだ女性の視線に慣れていない。

思わず腰をよじると、勃起したペニスが左右に揺れる。それを見て、由香里がうれしそうに目を細めた。

「すごいわ……知美ちゃんの言っていたとおりね」

「大きいだけじゃなくて、とっても硬いんですよ」

知美が説明しながら、再び乳首をいじりはじめる。今度はTシャツごしではなく直接なので、刺激がより強くなった。

「うッ……と、知美さん」

「乳首が気に入ったみたいね」

耳もとでささやき、硬くなった乳首を指先でねちねち撫でまわす。かと思えば、不意を突くようにキュッと摘まんだ。

「くううッ」

たまらず声が漏れてしまう。それと同時に勃起しているペニスが反応してビクッと撥ねた。

「ああっ、先っぽが濡れてるわ。こっちも触ってほしい？」

目の前にしゃがんでいる由香里が、ため息まじりに尋ねる。そして、春雄が答える前に、太幹の根もとに両手をあてがった。

「ゆ、由香里さん……い、今、触られたら……」

軽く指を添えられただけで、甘い感覚がひろがっている。

美しい人妻がふたりがかりで愛撫していると思うだけで、かつてないほど興奮しているのだ。この状況で新たな刺激を与えられたら、あっという間に耐えられなくなりそうだ。

「そんなこと言いながら、触ってほしいんでしょう？」

由香里のほっそりした指が、太幹の根もとをスリッ、スリッと撫でている。皮膚の表面にそっと触れるだけの、ほんのわずかな刺激だ。しかし、それだけでも鮮烈な快感となって全身にひろがった。

「ううッ、ま、待ってくださいっ」

呻きまじりに訴える。

乳首も同時に愛撫されているのが影響しているのか、我慢汁がトクンッ、トクンッと溢れてしまう。まるでお漏らしをしたかのような感覚が突き抜けて、下半身が小刻みに震えた。

「お汁がいっぱい出てきたわ。本当に初心なのね」

股間から由香里の楽しげな声が聞こえる。

「そうなんです。いじめがいがありますよ」

耳もとでは知美がささやき、吐息をフーッと吹きこんだ。

ふたりの声も性感を煽るスパイスになる。これからどんなことをされるのか、期待がどんどんふくれあがっていく。

「ううッ……うううッ」

もはや春雄は未知の快感に悶えることしかできない。乳首とペニスを同時に愛撫されて、早くも射精欲が頭をもたげていた。

「もしかして、出ちゃいそうなの？」

由香里が太幹の根もとを擦りながら語りかける。

「も、もう……ううぅッ」

まともにしゃべることができない。とにかくガクガクとうなずくと、由香里は口もとに妖しげな笑みを浮かべて裏スジをネロリと舐めあげた。

「くうううッ！」

危うく射精しそうになり、懸命に尻の筋肉を引きしめる。新たな我慢汁がどっと溢れて、膝が今にもくずおれそうなほど大きく震えた。

そんな春雄の反応を目にして、由香里はさらに裏スジに舌をねっとり這わせる。根もとのほうから何度も舐めあげては、敏感なカリの周囲を執拗にくすぐる。さらには我慢汁で濡れているのも気にせず、亀頭をぱっくり咥えこんだ。

「そ、そんなことまで……くおおおッ」

熱い口腔粘膜に包まれて、快感がさらにアップする。柔らかい唇がカリ首をやさしく締めあげる感触がたまらず、体が無意識のうちに仰け反った。

「すごい反応ね。由香里さんの口、そんなに気持ちいいの？」

知美が両手で双つの乳首を転がしながらささやく。そして、舌先で背スジをスーッと舐めあげた。

「うあアッ、ダ、ダメですっ」

慌てて訴えるが、ふたりの人妻たちは愛撫の手を休めない。それどころか、ますます加速して春雄を追いつめていく。

「ンっ……ンっ……」

由香里が首をねっとり振って、勃起したペニスを唇でしごきあげる。

背後の知美は乳首をやさしく摘まんで、背スジや首スジ、さらには耳の穴にも舌を這いまわらせていた。

「そ、そんなにされたら……ううッ」

「由香里さんの口のなかに思いきり出してもいいのよ」

「く、口のなかに……」

想像するだけで暴発しそうになり、慌てて奥歯をギリッと嚙んだ。

女性の口のなかで射精する。そんなことが許されるのだろうか。ＡＶでは何度も見たことがある。しかし、実際に自分がやると思うと、背徳的な快感が急速にふくれあがった。

「あふっ……むふっ……はむんっ」

由香里がリズミカルに首を振る。上目遣《うわめづか》いに春雄の目を見つめながら、ペニスをしやぶっているのだ。

「そ、そんな、ダ、ダメですっ」

懸命に訴えるが、由香里はさらに激しく首を振る。両手を春雄の尻にまわして、逃がさないとばかりにしっかり抱えこんでのフェラチオだ。

「我慢しなくていいのよ。ほら、出したいんでしょ？」

知美も乳首を摘まんでは転がし、常に快感を送りこんでいる。

上も下も刺激されて、経験の浅い春雄が耐えられるはずもない。射精欲がどんどんふくれあがり、ついには限界を突破した。

「ううッ、で、出ちゃいますっ」

熱くて柔らかい口腔粘膜に包まれたペニスが、思いきり跳ねまわる。こらえにこらえてきた精液が尿道を駆けくだり、先端から勢いよく噴き出した。

「おおおおッ、くおおおおおおおおッ！」

雄叫《おたけ》びとともに快感がほとばしる。

射精と同時にペニスをジュルルッと吸いあげられて、頭のなかがまっ白になっていく。ザーメンを強制的に吸い出されるのは、気が遠くなるほどの快感だ。全身がガクガクと痙攣《けいれん》して、もはや立っているのもやっとの状態だ。

「はむンンンッ」

股間で由香里の呻き声が聞こえる。

ペニスを深く咥えたまま、喉をコクコク鳴らしてザーメンを飲みくだす。うっとりした表情を浮かべて、いつまでも硬い肉棒を吸いつづけた。

5

春雄はベッドの中央で仰向けになっている。

ふたりの人妻から濃厚な愛撫を受けて、思いきり精液を吐き出した。なかば放心状態になっていると、ふたりに導かれて横になった。

ベッドの横に立っている知美が、ブラウスのボタンをはずしはじめる。

前がはらりと開いて、白いブラジャーが露わになった。ブラウスを脱ぐと、スカートもおろして脚から抜き取る。股間に貼りついているのは、ブラジャーとセットの白いパンティだ。

由香里も両手を背中にまわして、ワンピースのファスナーをおろしていく。

身体をくねらせながらワンピースをおろせば、黒いブラジャーとパンティが見えてくる。光沢のある生地はおそらくシルクで、しかも布地の面積が少ないセクシーなデザインだ。

（す、すごい……）

春雄は横たわった状態で、人妻たちが服を脱いでいく姿を見つめている。

つい先ほど射精したばかりなのに、ペニスは硬いままだ。むしろ、この状況でますます興奮している。ペニスは萎《な》えることを忘れたかのように、天に向かってそそり勃っていた。

「もう我慢できないわ」

知美がつぶやきながらブラジャーのホックをはずして取り去る。パンティもおろして、ついに一糸まとわぬ姿になった。お椀形の張りのある乳房とうっすらとした陰毛が特徴的だ。

「わたしも、こんなに興奮するの久しぶりよ」

隣の由香里もブラジャーとパンティを脱いで、躊躇することなく裸身を晒す。乳房は大きすぎず小さすぎず、ほどよいサイズだ。乳首は濃いピンクで、すでにぷっくり隆起している。恥丘を彩《いろど》る陰毛は、きれいな楕円形に整えられていた。

内股をぴったり閉じて、もじもじと擦り合わせている。股間が疼《うず》いているのか、くびれた腰をくねらせる姿が卑猥だった。

「知美ちゃん、先にいいかしら」

由香里はそう言うとベッドにあがり、仰向けになっている春雄の顔にまたがる。両膝をシーツにつけた膝立ちの状態だ。

「な、なにを……」

春雄は両目をカッと見開いた。

すぐそこに由香里の股間が迫っている。鮮やかな紅色の陰唇がまる見えになっているのだ。割れ目がクパッと開いており、そこから大量の華蜜が溢れている。二枚の陰唇をぐっしょり濡らして、ヌラヌラと光っていた。

「わたしのことも気持ちよくして」

由香里は春雄の顔を見おろしながら、腰をゆっくり下降させる。やがて、剝き出しの女性器が、春雄の口にぴったり押し当てられた。

「うむううッ」

思わず呻き声が漏れる。

いわゆる顔面騎乗の体勢だ。由香里はよほど飢えているのか、自ら愛撫を求めて股間をグリグリ押しつけた。

（く、苦しい……）

春雄は陰唇で口だけではなく鼻までふさがれた状態だ。

まさか、はじめてのクンニリングスが顔面騎乗になるとは思いもしない。陰唇は溶けそうなほど柔らかくて、チーズにも似た濃厚な香りが漂っている。懸命に息を吸うことで、むせ返るような香りが肺に満たされていく。

「あンっ、舐めて……早くぅ」

由香里が甘い声を漏らして腰をくねらせる。

しかし、春雄に愛撫を施す余裕などない。息苦しさのあまり首を振ると、唇が女陰を擦りあげた。結果として、それが刺激になったらしい。とたんに由香里が腰をガクガクと震わせた。

「はああッ、い、いいっ、いいわぁっ」

艶めかしい喘ぎ声が寝室に響きわたる。

首を動かしたことで、陰唇に覆われていた鼻が解放された。息ができるようになり、舌を伸ばして陰唇を舐めあげる。すると、新たな華蜜が大量に溢れ出した。

「あああッ、すごくいいっ」

由香里は両手で春雄の頭をつかむと、さらに股間を押しつける。発情していることを隠すことなく快楽を貪りはじめた。

(俺の舌で、由香里さんが……)

感じさせていると思うと、春雄もかつてない興奮を覚える。

もっと感じさせたい。そんな欲望が湧きあがり、舌をとがらせて膣口にヌプリッと埋めこんだ。

「はあああッ、は、春雄くんっ」

華蜜がどんどん溢れて、口のなかに流れこむ。春雄は反射的に飲みくだして、挿入した舌をヌプヌプと出し入れした。

「ああッ……あああッ」

「由香里さん、気持ちよさそうですね」

知美の声が聞こえる。

その直後、ペニスが熱くて柔らかいものに包まれた。とたんに快感がひろがり、仰向けの体が仰け反った。

「うむッ……」

口を陰唇にふさがれたまま、こらえきれない呻き声を漏らす。

どうやら、知美がペニスを咥えたらしい。顔面騎乗をされながら、同時にフェラチオされているのだ。これほど倒錯的な状況があるだろうか。異常なほどの興奮が湧きあがり、春雄は夢中になって膣口を吸いあげた。

「はあああッ、い、いいっ」

由香里の喘ぎ声が大きくなる。

腰をガクガク震わせながら、両手で春雄の髪をめちゃくちゃにかき乱す。さらなる快楽を求めているのは明らかだ。それに応えようと、春雄は舌を一心不乱に出し入れした。

「すごいわ。カチカチよ」

知美がうれしそうにつぶやき、首を振りはじめる。唇で太幹を擦りあげて、舌先で尿道口をチロチロと刺激した。

「ううぅッ……」

凄まじい快感が突き抜ける。

先ほど由香里のフェラチオで射精していなければ、到底耐えることはできないだろう。それほどまでの愉悦が、ペニスから全身へとひろがっていた。

「春雄くん、もっと……お願い」

由香里が焦れたように腰をよじる。

声の感じから察するに、絶頂が近づいているのではないか。春雄は舌をさらに埋めこんで、膣壁をネロリッと舐めあげた。

「はあああッ、そ、それ、すごいわっ」

震える声が快感の大きさを表している。

そのとき、上唇がコリッとした部分に触れていることに気がついた。割れ目の上端に、小さな硬いものがある。

(もしかして、これって……)

おそらくクリトリスだ。

女性が感じる場所だというのは知っている。さっそく膣口から舌を引き抜くと、小さな肉芽に吸いついた。

「そ、そこは……あああぁッ」

由香里の反応が大きくなる。

やはりこれはクリトリスに違いない。唾液を塗りつけてジュルジュル吸いあげれば華蜜の量がどんどん増える。女体の悶えかたも激しくなる一方だ。春雄はここぞとばかりにクリトリスを吸いあげた。

「はあああッ、も、もうダメぇっ」

喘ぎ声が切羽つまる。その直後、由香里の股間から透明な汁がプシャアアッと勢いよく飛び散った。

「あああッ、はあああああああッ!」

あられもないよがり泣きが響きわたる。

潮《しお》を噴きながら絶頂に達したのだ。由香里は春雄の顔にまたがったまま、全身を激しく痙攣させた。

(俺の愛撫で……や、やったぞ)

思わず胸のうちで叫んだ。

春雄の顔は潮にまみれている。それでも腹の底から悦《よろこ》びを感じた。女性を絶頂させることが、これほどの昂りを生むとは知らなかった。まるですべてを支配したような気分になっていた。

こうしている間も、知美はペニスをしゃぶっている。

猛烈な快感がひろがっているが、それでもなんとか耐え抜いた。やはり一度射精しているのが効いていた。

「こんなにビンビンにしてるのにイカないなんて、やるじゃない。まだまだ楽しませてもらえそうね」

知美がペニスから唇を離して、うれしそうにつぶやく。

この狂宴はしばらく終わりそうにない。春雄も興奮状態が持続している。ここまで来たら、徹底的に楽しみたかった。

6

知美と由香里が並んで四つん這いになっている。

ふたりはベッドの上で獣《けもの》のポーズを取り、尻を高く掲げていた。人妻なのに、背後にいる春雄に挿入をねだっているのだ。

「由香里さん、わたし、もう我慢できない……」

知美が腰をくねらせる。

ペニスをしゃぶったことで興奮が高まっているらしい。三人のなかで、知美だけが一度も達していないのだ。

「そうよね。春雄くん、知美ちゃんから挿《い》れてあげて」

由香里が振り返って告げる。なにしろ顔面騎乗で達した直後なので、知美をいたわる余裕があった。

春雄の意思は関係ないらしい。ただ挿入することだけを求められている。こんな場面に遭遇する日が来るとは思いもしなかった。

とにかく、知美の背後に陣取り、膝立ちの姿勢を取る。

立ちバックの経験はあるが、普通のバックで挿入したことはない。不安がないと言えば嘘になるが、それ以上に興奮している。熱く滾《たぎ》るペニスを、一刻も早く挿入したくてたまらなかった。

張りのある尻たぶを両手で撫でまわすと、ペニスの先端をミルキーピンクの陰唇に押し当てた。

「あっ……」

知美の唇から小さな声が漏れる。

性感が高まっており、微かな刺激でも感じるらしい。割れ目から透明な汁がトロトロと溢れ出した。

「い、挿れますよ」

緊張ぎみに告げる。そして、腰をゆっくり送り出す。ペニスの先端が二枚の陰唇を押し開き、膣口にヌプリッとはまりこんだ。

「はあああッ」

知美の背中が反り返り、艶めかしい喘ぎ声が響きわたった。

(よし、入ったぞ)

心のなかでつぶやき、内心ほっと胸を撫でおろす。

亀頭さえ入ってしまえば、あとは大丈夫だ。じわじわ押し進めると、ペニスがみっしりつまった媚肉を切り拓《ひら》いていく。

「や、やっぱり大きい……ああッ」

「ううっ……知美さんのなか、トロトロです」

愛蜜が大量に分泌されており、膣肉は蕩けきっている。亀頭と竿にからみついてくる感触がたまらない。自然と吸いこまれるように挿入した。

「あああッ、こ、これよ……これを待ってたの」

知美が尻を突き出して喘ぐ。

待ちかねていた肉棒を挿入されて、膣口がうれしそうに収縮する。ペニスをがっしり咥えこみ、さらに奥へ引きこむように蠕動《ぜんどう》する。春雄は膣のうねりにまかせて、ペニスをグイッと根もとまで埋めこんだ。

「はあああッ」

「くううッ、す、すごいっ」

無数の膣襞が亀頭と竿の表面を這いまわる。締めつけも強烈で、得《え》も言われぬ快感がひろがっていく。

春雄は両手で知美のくびれた腰をつかむと、欲望にまかせて腰を振りはじめる。いきなり力強いピストンでペニスを出し入れして、鋭く張り出したカリで膣壁を擦りあげた。

「そ、そんな、いきなり……あああッ」

「知美さんのなか、気持ちよすぎます……ううッ」

「ああッ、なかが擦れて……はあああッ」

すぐに知美が反応する。顎を跳ねあげて背中をググッと反らすと、あられもない喘ぎ声を振りまいた。

「は、激しいっ、あああッ」

「こ、これは……うむむッ」

春雄も快楽に流されそうになるが、ここで達するわけにはいかない。隣には由香里が控えているのだ。

（た、耐えないと……）

必死に奥歯を食いしばりながら腰を振る。

春雄は経験が浅いが、そんなことは言ってられない。なんとしても知美を先に満足させて、由香里にも挿入する。夫とセックスレスで欲求不満を抱えているのだ。顔面騎乗による絶頂だけで満足するとは思えなかった。

「くううッ……くおおおおッ」

射精欲を抑えながら懸命に腰を振る。

ともすると快楽がふくれあがり、呑みこまれそうになる。そこをなんとか踏んばって、ペニスをグイグイとスライドさせた。

「ああッ……ああッ……い、いいっ」

知美の唇から快感を告げる声が漏れる。

もしかしたら絶頂が近づいているのかもしれない。ここで休まず一気に責めるべきだ。春雄は知美の背中に覆いかぶさると、両手を前にまわして乳房を揉みしだく。そうしながら、腰を連続で打ちつけた。

「あああッ、そ、そんな……あああああッ」

「もっと感じてくださいっ……おおおおッ」

「い、いいっ、あああッ、気持ちいいっ」

乳首を摘まんで転がせば、知美の反応はさらに大きくなる。

カリで膣壁を抉《えぐ》るようにしながら、さらに腰の動きを速くする。結合部分から響く湿った蜜音と、知美の喘ぎ声が重なった。

「あああッ、も、もうダメっ」

「と、知美さんっ、くおおおおッ」

ピストンを限界まで加速させる。膣のなかを猛烈にかきまわして、両手で双つの乳首をキュウッと摘まみあげた。

「ひあああッ、い、いいっ、イクッ、イクイクうううううッ！」

ついに知美が絶頂を告げながら昇りつめていく。四つん這いの女体が激しく震えて、深く埋めこんだペニスを締めつけた。

「うぐぐッ……」

凄まじい快感が押し寄せる。春雄は全身の筋肉に力をこめて、ギリギリのところで射精欲を抑えこんだ。

(あ、危なかった……)

快楽に流される寸前だった。

なんとか耐え忍ぶと、ペニスをゆっくり引き抜く。膣口がぽっかり口を開けて、なかにたまっていた華蜜がトロッと溢れ出す。ピストンしている間に、大量に分泌していたらしい。透明な糸を引いて、シーツの上に滴《したた》り落ちた。

知美は力つきたように、うつ伏せに倒れこむ。ハアハアと息を乱しており、言葉を発することもできなくなっていた。

7

(よし、次は……)

春雄も息を切らしながら、由香里の背後に移動する。尻たぶに触れると、由香里が濡れた瞳で振り返った。

「早く……早くちょうだい」

我慢も限界に達しているらしい。

隣で知美が昇りつめる姿を目の当たりにしたのだ。なおさら欲望が高まっているに違いなかった。

(本当にできるのか……)

ふと不安がこみあげる。

ついこの間まで春雄は童貞だったのだ。ふたりの人妻を連続で満足させることなど可能なのだろうか。

（大丈夫……なんとかできるはず）

心のなかで自分自身に言い聞かせる。そして、由香里の濃い紅色の陰唇に、ペニスの先端を押し当てた。

「あンンっ」

軽く触れただけで、二枚の女陰がウネウネと蠢く。まるで意思を持った生き物のようだ。ペニスを欲するあまり、さっそく亀頭にからみついてきた。

「い、挿れます……」

快感に備えて下腹部に力をこめると、ゆっくり挿入を開始する。体重を浴びせるようにしながら、亀頭の先端に力を集中させた。

「ああッ、お、大きいっ……はあああッ」

膣のなかにペニスが入りこむ。そのまま休むことなく押し進めて、一気に根もとまで埋めこんだ。

「あああああッ、こ、これ、すごいっ、すごいわっ」

由香里は四つん這いで喘ぎながら、隣で突っ伏している知美をチラリと見やる。

春雄のペニスのサイズについて、知美から聞いていたのだろう。聞いていたとおりだと伝えたいのかもしれない。ところが、知美はまだ絶頂の余韻のなかにおり、声は届いていないようだった。

「ううッ……こ、これは……」

春雄は慌てて動きをとめた。

膣のなかの感触は、知美とまったく違う。由香里のなかは驚くほど柔らかい。それでいながら、猛烈に締めつけてくるのだ。愉悦の大波が押し寄せて、いきなり射精欲が頭をもたげた。

（や、やばい……）

全身の筋肉に力をこめると、なんとか射精欲をやり過ごす。

しかし、春雄が動きをとめても、膣道のうねりはとまらない。ペニスをこねまわしては締めつける。このままでは、すぐに限界が来るのは目に見えていた。

（先に由香里さんを……）

意を決して腰を振りはじめる。

ペニスをピストンさせると、すぐに快感が湧き起こる。とっさに下腹部に力をこめて、押し寄せる射精欲の大波に備えた。

「ああぁッ、こんなの久しぶりよ」

由香里が歓喜の声をあげる。

なめらかな背中がググッと反っていく。高く掲げた尻を自ら押しつけて、ペニスをさらに奥へと迎え入れた。

「あうゥッ、い、いいっ、気持ちいいのっ」

「ゆ、由香里さんっ、おおおッ」

膣が歓迎するようにうねり、ペニスを四方八方から締めつける。快感が快感を呼んで、全身が燃えあがったような錯覚に陥った。

「おおおッ、おおおおッ」

呻き声をあげて腰を振る。

由香里が感じているのは明らかだが、春雄もすでに追いつめられている。一度射精しているとはいえ、女性経験は浅い。ここまで耐えられているのが不思議なほどだ。とにかく、気合を入れて腰を振る。カリで膣壁を抉り、亀頭の先端を膣道の行きどまりに何度もたたきつけた。

「ああッ、あああッ、い、いいっ」

由香里の声が高まっていく。尻たぶが小刻みにプルプル震えて、昂っているのは間違いない。

(も、もう少し……もう少しだ)

心のなかで唱えながら、がむしゃらにペニスを出し入れする。快感が高まり、目に映るものすべてがまっ赤に染まった。

「おおおおッ、も、もうっ……」

絶頂が目の前に迫っている。射精欲が盛りあがり、膣のなかでペニスがグッと膨張するのがわかった。

（も、もうダメだっ）

そう思った直後、由香里の体が激しく痙攣をはじめた。

「ああッ、あああッ、も、もうイキそうっ」

「うううッ、お、俺もっ」

「あああッ、イ、イクッ、あああああッ、はあああああああッ！」

先に達したのは由香里だ。尻を高く掲げたまま、上半身は伏せて頬をシーツに押しつける。アクメと同時に膣が収縮して、ペニスを猛烈に締めあげた。

「くおおおッ、で、出るっ、おおおおッ、ぬおおおおおおッ！」

春雄も唸り声を振りまきながら精液を放出する。

根もとまで挿入したペニスが跳ねまわり、沸騰した精液を勢いよく噴きあげた。熟れた膣を貫いて、思う存分ザーメンを注ぎこむ。この世のものとは思えない快感がひろがり、全身が激しく波打った。

根もとまで挿入したままのペニスが、蕩けるような快楽に包まれる。膣と一体になったような錯覚のなか、精液を一滴残らず流しこんだ。

「おおおッ……」

頭の芯が痺れている。もうなにも考えられない。

それでも体は快楽を求めていた。疲労が全身にひろがるが、本能のままにいつまでも腰を振りつづけた。

第四章　小悪魔な女子大生

1

由香里の家に配達に行ってから一週間が経っていた。

今にして思うと、すべてが夢だったような気がしてくる。童貞を卒業できただけでも信じられなかったのに、人妻ふたりと3Pをしたのだ。あれほど濃厚な夜は、なかなか経験できるものではなかった。

今朝もてきぱき準備をして、自転車で駅前に向かう。

すでにアプリはオンにしてある。配達リクエストが来たら、いつでも受ける準備はできていた。

今日はいい天気だ。

日中は暑くなるだろう。それでも、雨よりはましだ。どうせ仕事をするなら青空の下を走りたい。

フードデリバリーもすっかり慣れて、そこそこ稼げるようになっていた。家賃や食費、光熱費を払っても少しは残る。贅沢をしなければ充分暮らしていけるくらいの収入になっていた。

とはいえ、このままフードデリバリーをつづけるつもりはない。あくまでも正社員の仕事が見つかるまでのつなぎだ。一刻も早くこの生活から抜け出したいという気持ちに変わりはなかった。

駅前のロータリーに到着する前にスマホが鳴る。

(さっそく来たな)

どうやら配達リクエストが入ったらしい。

自転車を路肩にとめると、ウエストポーチからスマホを取り出して確認する。やはり配達リクエストだ。即座に受けつけボタンをタップした。

順調に配達をこなして、午後一時になっていた。

駅前のロータリーに戻り、木陰でペットボトルの水を飲みながら、次の注文が入るのを待つ。昼飯時をすぎたことで、注文が落ち着いていた。

(ちょっと早いけど、休憩にするか……)

そんなことを考えていると、配達リクエストが入った。

注文があるなら休憩はあとまわしだ。すぐに受けつけボタンをタップして、配達内容を確認する。

（たこ焼きか……）

店があるのはショッピングモールのフードコートだ。

すぐに向かうと、レジ袋に入った品物を受け取る。そして、配達バッグのなかに慎重に収めた。

地図を見て、自転車で走り出す。

配達先は街はずれにあるアパートだ。起伏の少ない道路で走りやすい。天気もいいので快適だ。軽快に飛ばして十五分ほどで指定された場所に到着した。

（あのアパートだな）

路地を曲がってすぐのところに、二階建て全八戸のアパートがある。

周辺にはアパートが点在しているようだ。近くに大学があるので、おそらく学生向けの物件が多いのだろう。

春雄は配達先の確認のため、スマホを取り出した。

客の名前は「毒島豪太郎《ぶすじまごうたろう》」となっている。やけに厳《いか》めしい名前だ。強面《こわもて》の巨漢を想像するが、偽名かもしれない。いずれにせよ、配達員には関係のないことだ。受け渡し方法は置き配で、玄関前が指定の場所になっている。

部屋は一階の１０２号室だ。

自転車を降りて、配達バッグをおろすと、なかからレジ袋を取り出した。１０２号室に歩み寄り、ドアを開閉してもぶつからない場所に品物を置く。それをスマホで撮影して、写真を客に送れば配達完了だ。

あとは配達完了通知を受け取った客が、自分で品物を室内に運びこむ。こうすることで、客は配達員に会わずに品物を受け取れるシステムだ。

（よし、戻るか）

自転車にまたがり、駅に向かって走り出す。しばらく進んだところで、ウエストポーチのなかのスマホが鳴った。

（なんだ？）

聞き慣れない音がして不思議に思う。自転車を路肩にとめると、急いでスマホを取り出した。

先ほど配達した客、毒島豪太郎から連絡が入っていた。配達完了通知が届いたあと十五分間だけ、客と配達員はアプリを通して通話できるようになっている。だが、実際に連絡が入ったのは今回がはじめてだ。

「はい、グルメ宅配便です」

とにかく通話ボタンをタップして応答する。

「今、配達してもらった者なんですけど……」

女性の弱々しい声が聞こえた。

「毒島さんですか？」

「あっ、その名前は違うんです。すみません」

女性は申しわけなさそうに謝罪する。

やはり毒島豪太郎というのは偽名だったらしい。厳めしい男を想像したが、実際の客は若い女性のようだ。

「登録名ですから、本名と違っても問題ありません。どうかしましたか？」

「配達完了通知が届いたんですけど、品物がないんです」

「えっ、違う部屋に配達しちゃったのかな……」

とっさに部屋を間違えたと思った。

配達先が一戸建てなら起こりにくいミスだが、アパートやマンションだと造りが同じなので置き配の場合は注意が必要だ。そのため、配達後に撮影するときは、必ず部屋番号が入るようにしていた。

「写真は見ましたか？」

「はい、確かにわたしの部屋の前です。でも、物がなくて……」

女性の声はどんどん小さくなっていく。

きっと気の弱い人なのだろう。こうしてクレームの電話をかけるのも、勇気が必要だったに違いない。

「配達完了通知が届いてから外を確認するまで、時間はどれくらい経ってましたか」

「そんなには……せいぜい、二、三分だと思います」

「なるほど……」

つまり配達直後に品物は消えたということになる。

盗難の可能性が高い気がする。だが、証拠はなにもない。ただの想像を口に出すべきではないと思う。会社に連絡して、クレーム処理をしてもらうべきだろうか。そんなことを考えていると、再び女性が口を開いた。

「じつは、前にもあったんです」

「品物がなくなったんですか？」

「はい……これで三回目です」

さすがにそれはおかしい。

盗難だと思うが、それを伝えるべきか迷ってしまう。会社にクレームを入れるにしても、客にやってもらわなければならない。盗難の可能性を伝えれば、怖がらせることになりそうで気が引けた。

「泥棒でしょうか」

彼女がぽつりとつぶやく。ひどく怯えたような声だった。

「それは、まだわかりませんが……」

「狙われている気がして怖いです」

「では、会社にクレームを入れてもらったほうが――」

「悪い人が部屋の前まで来てるってことですよね」

そう言われて、はっとする。

確かに、品物が盗まれたのなら犯人が部屋の前まで来たということだ。それを考えると、男の春雄でも恐ろしくなった。

「もし、鉢合わせしたら……わたし、ひとり暮らしだから……」

彼女の声は消え入りそうなほど小さくなる。

「大丈夫ですか？」

「こ、怖いです……」

声が震えている。

もしかしたら、泣いているのかもしれない。か弱い女性が怖がって泣いている。放っておくことはできなかった。

「わかりました。待ち伏せして犯人を捕まえましょう」

「どうやって……」

「犯人はデリバリーが届いてから、すぐに盗んでいます。それだけ行動が早いということは、近所に住んでいていつも外を眺めているんだと思います。きっと、またやるはずです。俺にまかせてください」

春雄は通話を切ると、先ほどのアパートに向かって走り出した。

2

アパートの前に自転車をとめて、102号室に歩み寄る。

配達バッグをおろすと、なかからレジ袋を取り出した。しかし、レジ袋の中身は春雄の手作りおにぎりだ。犯人をおびき出すための囮《おとり》なので、わざわざ注文する必要はなかった。

レジ袋を部屋の前に置くと、いかにも置き配をしたような雰囲気で撮影する。そして、スマホを操作して、配達完了通知を送ったふりをした。

春雄は自転車にまたがり、その場を離れる。先ほどと同じように駅に向かう感じで通りに出た。

だが、今回は曲がり角ですぐに自転車をとめる。そして、塀の陰に隠れながらアパートを見張った。すると、向かい側のアパートから人影が現れた。若い男だ。おそらく大学生だろう。あたりをキョロキョロ見まわしながら、小走りで１０２号室に近づいた。

（あいつだ……）

春雄は確信してスマホを構える。そして、男がレジ袋をつかんだ瞬間をしっかり撮影した。

直後に塀の陰から飛び出してダッシュする。

本来、春雄はこんなことができる性格ではない。だが、男がこそこそして弱そうだったので勝てる気がした。それに涙声で怖がる女性の声を聞いたことで、正義感が芽《め》生《ば》えていた。

「待てっ」

大声をあげて駆け寄ると、男は慌てて走り出す。ところが、春雄の剣幕に気圧《けお》されたのか、足をもつれさせて転倒した。

「ひっ……ゆ、許してください」

男は情けない声をあげて土下座をする。逃げられないと悟ったのか、額を地面に擦りつけて震え出した。

「おまえのやったことは窃盗だぞ。証拠の写真を撮ったからな」

「す、すみません……」

男は必死に頭をさげる。

だが、許すわけにはいかない。この男は常習犯だ。甘い顔をすれば、同じことをくり返すに決まっていた。

「おまえ、学生か？」

「は、はい……」

「それなら、学生証を見せろ」

春雄が迫ると、男はズボンのポケットから薄っぺらな財布を取り出す。札はもちろん小銭すら入っていないようだ。そこから学生証を抜いて、申しわけなさそうに差し出した。

あっさり見せるところからすると、本気で反省しているようだ。一応、学生証を撮影してから男に返した。

「どうして盗んだりしたんだ」

「腹が減って……」

男がうつむいたまま小声でつぶやく。腹が減ったすえに、置き配を盗むことを思いついたようだ。

「だからって盗んだらダメだろ。金がないならバイトしろよ」

「それが……応募はしてるんですけど、なかなか決まらなくて……」

男の言葉にはっとする。

春雄も就職したくて必死になっているが、書類選考の段階で落ちまくっている。目の前でうな垂れている男の姿に、自分自身が重なった。

（うまくいかないこともあるよな……）

急に正義感がしぼんでいく。

この男も必死にがんばったが、こんなことになってしまったのかもしれない。そう思うと、これ以上は怒れなかった。

春雄はかたわらに落ちているレジ袋を拾いあげた。

なかに入っているのは手作りのおにぎりだ。他人が作ったおにぎりなど食べたくないだろう。それでも、なにもないよりはましだと思う。

「こんなもんでよかったら……」

春雄はレジ袋を差し出した。

「あ、ありがとうございます」

男は涙を流しながら受け取った。

「助けてくれる友達はいないのかよ」

「いるにはいるんですけど、カッコ悪くて……」

プライドが邪魔をして、金を借りられなかったらしい。だが、もはやそんなことを気にしている状況ではなくなっていた。

「友達を頼ります。バイトが決まるまで、頭をさげて金を借ります」

男の言葉に嘘は感じられない。

出会ったばかりの赤の他人だが、どうしても突き放すことができない。信じてやりたい気持ちが強かった。

もう二度と盗まないことを約束して男を解放した。

先ほどのたこ焼きの代金は、あえて請求しなかった。仕方ないので、自腹を切って女性に返すつもりだ。

向かいのアパートにとぼとぼ帰っていく男を見送ると、疲れがどっと溢れ出す。自転車で街を走りまわるより、疲労の度合いがずっと深かった。

「あの……」

背後から声をかけられて振り返る。

すると、そこにはひとりの若い女性が立っていた。

白いノースリーブのワンピースを着ている。セミロングの黒髪が日の光をキラキラ反射していた。

胸もとが大きくふくらんでおり、剝き出しの白い肩は眩《まばゆ》く輝いている。ワンピースの裾からスラリとしたふくらはぎが伸びていた。細く締まった足首が美しい。見てはいけないと思うが、ついつい視線が吸い寄せられてしまう。

「さっきの、わたしです……」

女性は遠慮がちにつぶやいた。

電話で話した女性だ。外の騒ぎに気づいて、出てきたのだろう。申しわけなさそうに頭をさげた。

「ご迷惑をおかけして、すみませんでした」

「いえ、あなたはなにも悪くありません。悪いのは、あの男ですから」

春雄はそう言って、向かいのアパートを見やった。

「でも、見逃してあげたんですね」

「念のため学生証の写真を撮りましたが、そんなことをしなくても、もうやらないと思います」

「食べ物を渡すところを見ました。おやさしいんですね」

彼女は穏やかな声で言うと、微笑を浮かべて春雄の顔を見つめた。

「そ、そんなことは……反省しているようだったから」

春雄はぼそぼそとつぶやいて視線をそらす。

本当は男に自分自身の姿を重ねて、つい情けをかけただけだ。しかし、彼女は好意的に取ってくれたらしい。初対面にもかかわらず、親しみのこもった瞳を春雄に向けていた。

「相談したのが、おやさしい方でよかったです」

「俺は、別に……とにかく、これで盗まれることはなくなると思います。安心してデリバリーを使ってください」

「はい、安心しました。ありがとうございます」

礼を言われると照れくさくなる。春雄は顔が赤くなるのを自覚して、彼女に背中を向けた。

「そうだ、たこ焼き代……」

立ち去ろうとして、ふと思い出す。

たこ焼きの代金を返していなかった。自分の財布から小銭を取り出して渡そうとする。ところが、彼女は首を小さく左右に振った。

「受け取れません」

意外にもきっぱりした言葉だ。

おとなしい性格だと思っていたが、芯は強いのかもしれない。だからといって、春雄も引きさがれなかった。

「受け取ってもらわないと困ります」

「お兄さん、あの人からお金をもらってないですよね」

「忘れてたんですよ」

「本当は助けてあげようと思ったんじゃないですか？」

完全に見抜かれている。

だが、彼からお金をもらわないのは、春雄が勝手に決めたことだ。彼女に負担させるわけにはいかない。

「とにかく、商品を渡せなかったんだから、返金するのは当たり前だから。これは受け取ってもらわないと困るよ」

小銭を無理やり手に押しつける。すると、彼女はようやく仕方ないといった感じで受け取った。

「わかりました。その代わり、お礼をさせてください」

「お礼って、なんのお礼？」

「助けてもらったお礼です。怖かったから、すごく感謝してるんです」

キラキラ光る瞳で見つめられて、春雄は慌てて顔をそむける。

耳まで熱くなっているので、まっ赤になっているのは間違いない。とてもではないが、目を合わせていられなかった。

「仕事のうちだから、お礼なんていらないけど」

「せめてお茶だけでも……お願いします」

懇願されると無下に断ることもできない。胸の鼓動が速くなるのを感じながら、春雄は小さくうなずいた。

「じゃあ、一杯だけ……」

「うれしい。あがってください」

彼女はその場で小さくジャンプすると、春雄を部屋にうながした。

3

清潔感の溢れる十畳ほどのワンルームだ。

奥の窓際にベッドがあり、その前には小さなローテーブルが置いてある。テレビはないが、横にしたカラーボックスの上にはノートパソコンがあった。

すでに簡単な自己紹介をすませている。

彼女の名前は村西瑞希《むらにしみずき》、二十歳《はたち》の女子大生だという。今は玄関を入ってすぐのところにあるキッチンで、お茶の準備をしている。

春雄はローテーブルの前に腰をおろすが、どうにも落ち着かない。

流されるまま部屋にあがったが、初対面の女性とふたりきりという苦手なシチュエーションになっていた。

考えてみれば、自分が大学生だったとき、女友達の部屋にあがったことなど一度もない。まさか大学を卒業してから、女子大生の部屋にお邪魔する機会があるとは思いもしなかった。

「紅茶でいいですか？」

瑞希がキッチンから声をかけてくる。

「あっ、うん……お構いなく」

春雄は返事をしながら、瑞希の姿をまじまじと見つめた。

キッチンに立つ女性というのは、どうして魅力的に映るのだろうか。そこにいるだけで家庭的な女性に感じる。気づくと瑞希の横顔に見惚《みと》れていた。

（かわいい顔をしてるな……）

心のなかでつぶやき、はっと我に返る。

出会ったばかりなのに好きになりかけていた。かわいらしい女子大生が、アルバイト生活を送っている男など相手にするはずがない。惚《ほ》れっぽい自分に呆れて、思わず苦笑が漏れた。

「お待たせしました」

瑞希がティーカップをローテーブルにそっと置く。そして、春雄の向かい側に腰をおろした。

「本当にありがとうございました」

「別にたいしたことは……」

あらためて礼を言われて、視線をすっとそらす。

照れ隠しで、ついぶっきらぼうな口調になってしまうが、それでも瑞希は穏やかな微笑を浮かべている。

（俺、なんか場違いだよな……）

ふとそう思う。

今さらながら部屋にあがったことを後悔する。どうにも落ち着かなくて、慌ててティーカップを口に運んだ。

「これ飲んだら、すぐに帰るよ……熱っ」

「大丈夫ですか」

瑞希は急いでキッチンに向かうと、水の入ったコップを持ってくる。そして、春雄のすぐ隣に腰をおろした。

「これを飲んでください」

「ありがとう……」

コップを受け取って水を飲む。瑞希は隣から動こうとしない。横座りしており、ワンピースの裾がずりあがっている。スラリとしたふくらはぎだけではなく膝まで露出していた。

「ちょっと近くないかな……」

なんとなく気まずくなってつぶやく。

瑞希はやけに身体を寄せており、肩と肩が微かに触れ合っている。さりげなく離れるが、なぜかさらにすり寄ってきた。

「近いほうが、お話をしやすいと思ったんですけど、ご迷惑でしたか？」

すぐそばから瑞希がじっと見つめる。

視線が重なり、胸がドキドキしてしまう。心臓の鼓動が聞こえてしまうのではないか。本気でそう思うほど距離が近かった。

「迷惑ってことはないけど……」

「よかったです。嫌われたのかと思ってしまいました」

瑞希はそう言って微笑を浮かべる。

からかわれているのだろうか。しかし、瑞希はまじめそうな女子大生だ。男をからかって楽しむようなタイプには見えなかった。

「春雄さん……」

ふいに名前を呼ばれて、またしても胸の鼓動が高鳴る。隣をチラリと見やれば、瑞希の顔がすぐそこにあった。

「ど、どうしたの？」

「わたし、春雄さんみたいな大人の男性に憧れるんです。同級生の男の子たちは子供っぽいです」

「俺、まだ二十三歳だよ。瑞希ちゃんの同級生とそんなに変わらないと思うけど」

「社会人の方は、やっぱり大人です」

瑞希の放った「社会人」という言葉が胸に突き刺さる。

覚悟を持ってアルバイト生活を送っているならともかく、春雄は就職活動に失敗して仕方なくやっている。そんな自分が社会人と呼べるだろうか。思わず自己嫌悪に陥るが、瑞希は身体を寄せたままだ。

「春雄さんから見て、わたしはどうですか？」

「どうって？」

「さっき同級生の男の子たちは子供っぽいって言いましたけど、わたしはどう見えてるのかなと思って。じつはわたし、彼氏ができても毎回フラれるんです。もしかしたら、男の子じゃなくて、わたしが子供っぽいのかな……」

瑞希はそう言って視線を落とす。

なにか心当たりがあるのだろうか。不安げな表情を浮かべて、下唇をキュッと小さく噛んだ。

「子供っぽくはないよ。落ち着いてるし、大人っぽいほうじゃないかな」

正直に思ったことを伝えるが、瑞希は納得がいかないようだ。

「でも、フラれるってことは、なにか問題があると思うんです。原因を探ってもらえませんか」

「そんなことを言われても……」

「お泊まりをしたあとにフラれることが多いんです。わたしの身体がいけないのでしょうか」

急になにを言い出すのだろうか。

大胆な発言に驚かされながらも、ついついワンピースに包まれた女体に視線が向いてしまう。

胸もとは大きくふくらんでおり、剝き出しの肩は白くてなめらかだ。裾から露出している膝もふくらはぎも美しい。瑞希の身体にフラれる原因があるとは思えない。むしろ魅力が満ち溢れていた。

「問題なんてあるわけないよ」

安心させようと思って語りかける。ところが、瑞希は不満げな表情を浮かべて首を左右に振った。

「絶対になにかあるはずなんです。実際にわたしとセックスをして原因を探ってください」

「な、なにを言い出すんだ」

「本気です。こんなこと、同級生には頼めません」

瑞希はあくまでも真剣だ。冗談を言っている顔ではなかった。

確かに、そんなことを同級生に頼めば、大学で噂がひろがってしまうだろう。もし本当に頼むのなら、後腐れのない第三者しかない。だが、そんな都合のいい相手はそうそういないだろう。

「どうして、俺に頼むんだよ」

「春雄さんはやさしい人です。信用できます」

瑞希はそう言って身体を寄せる。

信用してもらえるのはうれしいが、無害な男と思われているのだろうか。男としての魅力が欠けているようで悲しい気持ちになった。

「春雄さんにしか頼めないんです」

瑞希の手がジャージの上から太腿に触れる。

春雄は胡座《あぐら》をかいた状態だ。手のひらが太腿をやさしく撫でながら、徐々に股間へと近づいてくる。

「ちょ、ちょっと……」

「お願いします」

ついに瑞希の手のひらが股間に重なる。

とたんに快感がひろがり、ここまでこらえていたペニスが一気にむくむくとふくらんだ。

(まさか、彼女がこんなことを……)

おとなしいイメージだったので、大胆な行動に驚かされる。

こんなことをしなければならないほど悩んでいるのだろうか。そうだとしたら、突き放すことはできなかった。

「で、でも、まだ仕事の途中なんだ……」

「そこをなんとか、お願いできませんか」

布地ごしに竿をゆったりしごかれる。甘い刺激が押し寄せて、理性をドロドロに溶かしていく。

(休憩を長めに取ったと思えば……)

そのぶん今日は遅くまで働けば、取り返すことができるだろう。

頭の片隅でそんなことを考えながら、ペニスを愛撫される快楽に身をまかせる。この時点で、すでに瑞希に逆らえなくなっていた。

「ほ、本当に俺でいいんだね」

「春雄さんしかいないんです」

瑞希はきっぱり言いきった。

それを聞いて、春雄も覚悟を決めた。乗りかかった船というやつだ。ここまで来たら最後まで協力するつもりだ。それに瑞希は魅力的で、抱いてみたいという邪な気持ちも湧きあがっていた。

「そこまで言うなら……」

向き合って両手を肩に添えると、キスをしようとして顔を近づける。ところが、瑞希は人さし指を立てて春雄の唇に押し当てた。

「どうしたの？」

「いつも彼氏とやっていることをやらせてください。フラれる原因がわたしにあるなら、それでわかると思うんです」

「なるほど……」

確かにそうかもしれない。瑞希の言うことにも一理ある。フラれる原因を究明するなら、瑞希がふだんどおりに振る舞うべきだろう。

「そうだな。じゃあ、瑞希ちゃんの言うとおりにするよ」

春雄は納得してうなずいた。

「服を脱いで、ベッドで横になってもらえますか」

さっそく瑞希が口を開く。いきなり大胆な指示を出されて、いやでも期待が湧きあがった。

4

春雄は裸になってベッドの上で横になっている。

言われるまま自分で服を脱いだのだ。

出会ったばかりの女性に見られて、猛烈な羞恥と緊張を感じている。それなのに期待でペニスは勃起していた。

「もう、大きくなってるんですね」

瑞希がうっとりした顔でつぶやく。背中のファスナーをおろすと、ワンピースを引きさげて足から抜き取った。

これで身体にまとっているのは、淡いピンクのブラジャーとパンティだけだ。

肌は白くて染みひとつなく、ムダ毛の処理が完璧にされている。ふだんから気にかけているのか、それとも脱毛サロンで全身脱毛したのかもしれない。とにかく、艶々した肌に視線が吸い寄せられた。

「わたしも脱いでいいですか？」

瑞希は小声でつぶやき、はにかんだ笑みを浮かべる。

春雄はとまどうばかりで、なにも答えることができない。すると、瑞希は背中のホックをはずして、ブラジャーを取り去った。

パンパンに張りつめた大きな乳房が露わになる。肌が雪のように白いので、乳首の鮮やかなピンクがより映えていた。乳輪はほどよい大きさで、じつにバランスのよい若さ溢れる乳房だ。

（す、すごい……）

春雄は思わず心のなかで唸った。

二十歳の乳房は瑞々しくて美しい。これまでナマで見た知美と京香、それに由香里の三人は年上だった。はじめて年下の女性の乳房を目にして、これまでにない昂《たかぶ》りを覚えた。

瑞希がパンティをおろしていく。前屈みになって左右の足から抜き取り、身体をゆっくり起こす。

（おおっ！）

その瞬間、両目を大きく見開いた。

恥丘には毛がいっさい生えていない。ツルリとした地肌がむき出しで、縦に走る溝もはっきりわかる。

　やはり全身脱毛をしているに違いない。美意識の高い女性は若いうちからやっているらしいが、瑞希がそういうタイプとは意外だった。彼女は一糸まとわぬ姿になると、ゆっくりベッドに歩み寄ってきた。

「俺は、どうすれば……」

　仰向けになったまま問いかける。

「なにもしないでください」

　瑞希は首をゆっくり左右に振った。

「わたしが、いつもどおりにやるので……」

「そうだったね。じゃあ、お願いしようかな」

　春雄は余裕たっぷりに返事をする。

　期待はするが、想像をうわまわることはないだろう。なにしろ、春雄は人妻ふたりと3Pを経験しているのだ。よほどのことでなければ驚かない。瑞希に特別なことができるとは思えなかった。

「失礼します」

　瑞希はベッドにあがると、春雄の脚の間に入りこんで正座をする。そして、上半身を伏せるなり、亀頭をぱっくり咥えこんだ。

「い、いきなり……ううぅッ」

あっという間に快感がひろがり、呻き声が溢れ出す。

柔らかい唇でカリ首をキュウッと締めつけられて、ペニスに快感がひろがる。さらには亀頭に舌が這いまわり、唾液をたっぷり塗りつけられた。

「そ、そんな……うううッ」

「はむンンっ」

瑞希は鼻を鳴らしながら、上目遣いに春雄の表情を確認している。

どうやら、ペニスを口で愛撫することに慣れているらしい。口内の亀頭をじっくり舐めまわして、カリの裏側にも舌先を潜りこませる。尿道口もチロチロとくすぐられると、我慢汁が大量に湧き出した。

(もしかして、結構、遊んでるのか?)

ふとそんな考えが脳裏をよぎる。

だが、瑞希が首を振りはじめたことで強烈な快感が押し寄せて、なにも考えられなくなってしまう。

「こ、こんなこと……ううぅッ」

「ンっ……ンっ……」

瑞希は唇で竿をしごいている。

両手は春雄の腰に添えており、ペニスにはいっさい触れていない。唇だけを使ったノーハンドフェラだ。

（す、すごい……すごいぞ）

愉悦の波が次から次へと押し寄せる。

指が竿に触れないことで、唇と舌の感触が強調されていた。唾液と我慢汁がまざり合って、湿った音が部屋中に響きわたる。全身が蕩《とろ》けるような錯覚に陥り、慌てて両手でシーツを強く握りしめた。

「くううッ」

「ンンッ……ンンッ……」

瑞希の首の振り方が、どんどん激しさを増していく。唇で猛烈にしごかれて、早くも射精欲がふくれあがる。

「ううッ、ちょ、ちょっと待って……」

慌てて声をかけるが、瑞希は愛撫をやめようとしない。それどころか、根もとまでペニスを呑みこんで、猛烈に吸茎した。

「はむうううッ」

「そ、そんなにされたら——ぐうううッ」

尿道のなかの我慢汁が強制的に吸い出されて、無意識のうちに股間を突きあげてしまう。その結果、亀頭が喉の奥深くに入りこむが、瑞希は苦しがる様子もなく吸いつづける。

「す、すごいっ、ううッ、で、出ちゃうよっ、くおおおおおおッ！」

なす術《すべ》なく絶頂に追いあげられてしまう。春雄は全身を仰け反らせて、思いきり精液を放出した。

「ンンンンッ」

瑞希はすべてを喉奥で受けとめると、躊躇《ちゅうちょ》することなく嚥下《えんげ》する。深く咥えたペニスをチュウチュウ吸いながら、唇で強弱をつけて竿の根もとを刺激することも忘れない。そうすることで射精をうながし、より多くのザーメンが噴きあがった。

（こ、こんなに気持ちいいなんて……）

春雄は絶頂しながら、頭の片隅でぼんやり考える。

すでにフェラチオは経験しているが、それをはるかに凌駕する快感だった。瑞希は恋人にこんな愛撫を施していたというのか。

（でも、これなら……）

別れる原因になるとは思えない。

たいていの男は悦ぶのではないか。別れるどころか、この快楽を手放したくないと思う気がした。

5

「はあンっ……いっぱい出ましたね」

瑞希はペニスを吐き出して、火照《ほて》った顔でつぶやく。上半身を起こすと、ほっそりした指で口もとを拭った。

「す、すごいね……上手だったよ」

春雄は動揺を押し隠して瑞希を褒めた。

本当はあっという間に追いつめられたのが恥ずかしい。だが、それを悟られるのはもっと恥ずかしいので懸命にごまかした。

「これなら大丈夫だと思うよ……とりあえず服を着ようか」

余裕のあるふりをして告げる。

三つも年下の瑞希に翻弄《ほんろう》されてしまった。格好悪くて、この場にいられない。一刻も早く逃げ出したかった。

「なに言ってるんですか。まだまだこれからですよ」

瑞希はそう言うと、口もとに妖しげな笑みを浮かべる。

そして、春雄の足首をつかむと大きく持ちあげた。尻がシーツから離れて、股間が真上を向いてしまう。自分の膝が顔の両側に来るほど体を折り曲げられる。いわゆる、ちんぐり返しの体勢だ。

「な、なにやってるんだよ」

羞恥で顔が熱くなる。

射精直後で半萎えになったペニスの向こうに、瞳をねっとり光らせた瑞希の顔が見えた。

「わたし、男の人を悶えさせるのが好きなんです」

そう言うなり、唇を肛門に押し当てる。

信じられないことに、瑞希は春雄の尻の穴を舐めはじめたのだ。舌を伸ばして唾液を塗りつけると、放射状に伸びる皺を一本いっぽん舐めあげる。

「くうウッ、そ、そんなところ……」

鮮烈な刺激が突き抜けるなか、慌てて訴える。

排泄器官を舐められているのだ。これまで経験したことのない凄まじい感覚で、頭のなかがまっ赤に燃えあがった。

「き、汚いから……」

「ふふっ、汚いところを舐められる気分はいかがですか？」

瑞希はまったく気にすることなく、肛門を舐めつづける。唾液まみれにして、中心部を舌先でツンツンと刺激した。

「ひううッ」

たまらず情けない声が漏れて、なおさら恥ずかしくなる。

逃げようとして体をよじる。だが、上から体重をかけてがっしり押さえこまれているため動けない。なにより肛門を刺激されていると、体に力が入らない。そのうち妖しい感覚に流されていく。

「ううウッ、や、やめろ……」

必死に訴えるが、弱々しい声しか出ない。舐められつづけることで、尻の穴がムズムズしてきた。

「も、もう……ひうううッ」

「気持ちよくなってきたんじゃないですか？」

瑞希が尻穴をしゃぶりながら尋ねる。

こうしている間も視線が常に重なっており、春雄の羞恥心を煽《あお》りつづける。しかも唾液の弾ける音も聞こえていた。

「本当は気持ちいいんでしょう？」

「そ、そんなはず……」

「それなら、どうしてオチ×チンが硬くなってるんですか？」

指摘される前から気づいている。

ちんぐり返しの体勢で、自分のペニスが見えているのだ。射精したことで半萎えだったのに、肛門を舐められる刺激で復活していた。硬さを取り戻して、ガチガチに勃起してしまった。

「体は正直ですね」

瑞希はうれしそうにつぶやくと、尻穴に舌を這わせながら右手の指をペニスに巻きつけた。

「や、やめ――くうううッ」

春雄の声は途中から呻き声に変わってしまう。

肛門をしゃぶられるのと同時にペニスをしごかれているのだ。背徳感をともなう強烈な刺激が全身を貫き、まるでお漏らしをしたように我慢汁が溢れ出した。

「ああっ、すごいです。オチ×チン、すごく硬くなってます」

「くうううッ」

もはや抗いの声をあげることもできない。

されるがままに愛撫されて、ただ体を悶えさせる。肛門を執拗に舐めしゃぶられる刺激で、わけがわからなくなっていた。

「こんなに感じてくれてうれしいです」

瑞希が尻穴をねぶりながら、ペニスをしごく手の動きを加速させる。尿道口から大量の我慢汁が溢れて、糸を引きながら垂れ落ちた。

「ううッ、そ、そんなっ」

「気持ちいいんですね。お尻の穴もオチ×チンもヒクヒクしてますよ」

「も、もうっ、うううッ」

またしても射精欲がふくれあがり、全身がガクガク震え出す。

一度射精したのに、再び絶頂の大波が押し寄せる。ちんぐり返しで押さえこまれたまま、ついに快感が限界を突破した。

「ひうううッ、で、出るっ、くおおおおおおおおッ！」

雄叫《おたけ》びをあげると同時に、宙に浮いている脚がつま先まで伸びきった。

しごかれているペニスが脈動して、白濁液が解き放たれる。射精している間も肛門を舐められるのは凄まじい快感だ。勢いよく噴きあがった精液が、自分の胸板に飛び散った。

「すごいです。またこんなにいっぱい」

瑞希がうっとりした表情でささやく。そして、射精が収まるまで、ペニスをねちねちとしごきつづけた。

6

ようやく、ちんぐり返しの体勢から解放される。

春雄はベッドの上で大の字になり、ハアハアと乱れた呼吸をくり返す。頭のなかがまっ白になって、もうなにも考えられなかった。

「春雄さんって、責めがいがありますね」

瑞希がそう言って楽しげに笑う。春雄の脚の間に座ったまま、ねっとり潤んだ瞳で見おろしていた。

ティッシュペーパーを手に取ると、体に飛び散った精液を拭いてくれる。それを春雄はぼんやり見つめていた。

(やっと終わった……)

これで帰ることができる。

そう思って、内心ほっと胸を撫でおろす。まさかこれほど激しい愛撫で、二度も射精に導かれるとは思いもしなかった。

この愛撫が恋人と別れる原因になったのだろうか。

情熱的に求められることを悦ぶ男も多くいると思う。そう考えると、今ひとつ釈然としなかった。

「今度はわたしも気持ちよくなりたいです」

瑞希がポツリとつぶやいた。

（今度って……別の日にまた会うつもりなのか？）

意味がわからず首をかしげる。

すると、瑞希が逆向きになって、春雄の体に覆いかぶさった。互いの股間に顔を寄せるシックスナインの体勢だ。

春雄の目の前には、瑞希の女性器が迫っている。陰唇は鮮烈なピンクでいっさい形崩れがない。きれいな形状を保っており、透明な愛蜜でぐっしょり濡れていた。陰毛の処理がされており、ツルリとした恥丘にも視線を奪われた。

「な、なにを……」

やっとのことで声をあげると、瑞希がクスクス笑った。

「もしかして、もう終わると思ったんですか。自分だけ気持ちよくなって終わるなんてダメですよ」

そう言われて戦慄する。

完全に心を見透かされている。それは、つまり似たような状況を何度も経験しているということではないか。過去の男たちがみんな同じ反応をするので、春雄の気持ちがわかったのかもしれない。

（そうか……そういうことか……）

なんとなく理解できた気がする。

瑞希は男を責めることで悦びを覚えるタイプらしい。恋人たちは快楽責めに耐えきれず、彼女のもとを去ったのではないか。まだ確信は持てないが、そんな気がしてならなかった。

とにかく、まだ終わりではないらしい。今度はシックスナインで瑞希も気持ちよくなるつもりなのだ。

「はじめましょうか」

「も、もう……」

とてもではないが、これ以上は射精できない。

身も心も疲弊しきっている。しかし、そんな春雄の思いは無視されて、瑞希が萎えたペニスを口に含んだ。

「わたしが大きくしてあげます……はンンっ」

口内でクチュクチュと舐めまわされる。

すると、ペニスは微かにピクッと反応した。とはいえ、二度も射精したので硬く勃起するほどではない。半萎えの状態まではなんとか回復したが、それ以上は硬くならなかった。

（瑞希ちゃんを感じさせれば……）

この狂宴を終わらせるには、瑞希を絶頂に追いあげるしかない。

春雄は意を決すると、目の前の女陰に唇を押し当てた。プニュッという柔らかい感触が伝わり、直後に磯《いそ》を思わせる香りが鼻に抜ける。なにやら艶《なま》めかしい芳香が牡の本能を刺激した。

両手をまわしこんで尻たぶをつかみ、舌を伸ばして割れ目を舐めあげる。すでに濡れているため、舌がヌルリッと簡単に滑った。

「あァッ、い、いいっ」

瑞希はペニスをしゃぶりながら、くぐもった声で喘ぐ。そして、首をねちねち振りはじめた。

「ううッ……」

甘い刺激がひろがるが、さすがにもう無理がある。自分のことより、瑞希を感じさせることに全力を注ぐ。割れ目の内側も舐めまわして、クリトリスをチュウウッと吸いあげた。

「はンンンッ」

女体が小刻みに震えるほど反応する。

この調子で愛撫をつづければ、絶頂させることも可能かもしれない。春雄は気合を入れて舐めはじめた。

「み、瑞希ちゃん……うむむっ」

祈るような気持ちで舌先を膣口に埋めこんだ。

頼むから早く達してほしい。疲労困憊《こんぱい》で体力の限界が近づいていた。懸命に女陰を舐めまわしては、トロトロと溢れる華蜜をすすりあげる。ぷっくり隆起したクリトリスを、舌先で執拗に転がした。

「ああッ……ああッ……お、お上手です」

瑞希がペニスをしゃぶりながら、春雄の愛撫を褒めてくれる。

しかし、裏を返せば褒める余裕があるということだ。この調子では、まだまだ追いつめられそうになかった。

(こ、このままだと……)

焦りで額に冷や汗が滲んだ。

このままだと、遅かれ早かれ体力がつきてしまう。そう思ったとき、瑞希がペニスを吐き出して、春雄の上から降りた。

まだ瑞希は達していない。それなのに、どうしてシックスナインを中断したのだろうか。

7

（どうして……）

不思議に思って視線を向ける。

すると、瑞希は身体の向きを変えて、春雄の股間にまたがった。足の裏をシーツにつけた騎乗位の体勢だ。

「ま、まさか……」

「大きくなったから、挿《い》れさせてもらいますね」

瑞希のささやく声で、はじめて勃起していることを自覚する。

互いの性器を舐め合っているうちに、またしてもペニスが反応したらしい。二回も放出して、もう無理だと思っていたのに、雄々しく反り返っていた。

「春雄さんって、お強いんですね」

瑞希は右手で竿をつかんで、亀頭を膣口に合わせる。そして、ゆっくり腰を落としはじめた。

「あああッ、入ってきます」

「そ、そんな……ううッ」

熱い膣の感触は格別だ。しかも、瑞希の女壺は圧迫感が強く、竿がギリギリと締めつけられた。

「ぬううッ、こ、こんなに……」

「大きいから擦れて……あああッ」

尻を完全に落として、春雄の股間に座りこむ。ペニスがすべて膣のなかに埋まり、膣道全体で絞りあげられた。

「くおおおッ……」

こんな展開は望んでいなかったのに、快楽の呻き声が溢れ出す。

男とは哀《かな》しい生き物だ。ペニスが膣のなかに入ってしまえば、どうしようもなく感じてしまう。体が勝手に反応して、欲情するようにできているのだ。ペニスはさらにひとまわり大きくなり、カリが膣壁にめりこんだ。

「あああッ、大きいっ」

瑞希が腰を振りはじめる。

膝のバネを利用した上下動だ。両手は春雄の胸板について、指先で乳首をクニクニと刺激した。

「そ、そんなことまで……うむッ」

乳首をいじられることでペニスがますます元気になる。もちろん、それを狙って愛撫していると違いない。

「乳首も感じるんですね」

「み、瑞希ちゃんが触るから……」

「楽しい……ああッ、楽しいですっ」

瑞希の腰の振りかたが激しさを増していく。尻を猛烈な勢いで打ちおろすことで、亀頭が膣の行きどまりを何度もノックした。

「ああッ……ああッ……い、いいっ」

「は、激しいっ……ううッ」

春雄の性感も昂っている。

疲れきっているのに感じてしまう。ペニスを媚肉で擦られて、全身に蕩けるような愉悦がひろがっていた。

「ああッ、いいっ、あああッ、いいですっ」

「み、瑞希ちゃん……おおおッ」

下腹部の奥で射精欲が芽生えるのがわかる。

自分の意思とは関係なく、またしても絶頂が迫っていた。いったい何度射精できるのだろうか。疑問が湧きあがるが、それもすぐ快楽にかき消された。

「おおおおッ、き、気持ちいいっ」

目に映るものすべてがまっ赤に染まる。

身も心も愉悦にまみれて、ドロドロに溶けていくようだ。我慢汁がとまらない。瑞希が尻を打ちおろすたび、結合部分から湿った音が響きわたる。ペニスと膣が一体化したような錯覚に陥り、いつの間にか春雄も股間を突きあげていた。

「ああッ、す、すごいっ、あああッ」

瑞希の身体がガクガク揺れる。

それに合わせて双つの乳房も大きく弾《はず》む。乳首はとがり勃《た》ち、乳輪までドーム状にふくらんでいる。瑞希にも絶頂が迫っているのだ。

「おおおッ、おおおおッ」

「あああッ、ああああッ」

ふたりはいつしか息を合わせて腰を振る。

女壺が激しくうねってペニスを絞りあげる。春雄は股間を跳ねあげて、亀頭を深い場所までえぐりこませた。

「も、もう、俺っ、くおおおッ」

「わ、わたしも……はああッ」

春雄の呻き声と瑞希の喘ぎ声が交錯する。

一方が感じることで、もう一方も昂っていく。ふたりは同時に絶頂への急坂を駆けあがった。

「おおおおッ、ま、またっ、ぬおおおおおおおおおッ！」

たまらず獣のような咆哮《ほうこう》を轟かせる。

膣のなかでペニスが脈動して、精液が勢いよく噴き出した。体がブリッジするように仰け反り、亀頭は最深部に到達している。灼熱《しゃくねつ》のザーメンがほとばしり、敏感な膣肉を焼きつくした。

「あああああッ、い、いいっ、イクッ、イクイクッ、はあああああああああッ！」

瑞希もアクメの声を響かせる。

若い女体をガクガクと痙攣させて、深く埋まったペニスを締めあげた。半開きになった唇の端から涎《よだれ》を垂らして、快楽を貪りつづける。おとなしそうな見た目の瑞希からは想像がつかない、あまりにも淫らな姿だった。

春雄は三度目の絶頂に達して、ついに力つきる。快楽の嵐が吹き荒れるなか、目の前がまっ暗になり、意識がふっと遠のいた。

8

ふと目を開けると、窓の外が暗くなっていた。

どうやら気を失っていたらしい。いったい、どれくらい経ったのだろうか。春雄はベッドに横たわったまま、体にタオルケットをかけられていた。

「気がつきましたか」

聞こえたのは瑞希の声だ。

首を持ちあげると、瑞希はキッチンに立っていた。服を身につけており、なにごともなかったように微笑んでいる。

「ご、ごめん……」

気を失ったことを恥じてつぶやく。ところが、瑞希はまったく気にしている様子はなかった。

「慣れてるから大丈夫です。みんな必ずこうなるんです」

「そ、そうなんだ……」

どうやら、歴代の恋人たちは、みんな気を失うまで責められたらしい。瑞希がフラれる原因は考えるまでもなかった。

「ビーフシチューを作ってるんです。食べていってくださいね」

キッチンに立つ姿は家庭的だ。

先ほどは嬉々とした表情で春雄を責めていたが、今はやさしげな笑みを浮かべている。まるで別人のように見えるが、どちらもまぎれもなく瑞希だ。そんなギャップを魅力に思う男もいるだろう。

「瑞希ちゃんは、なにも悪くないよ」

「はい？」

「瑞希ちゃんが悪いんじゃなくて、男たちに見る目がなかったんだ」

春雄はきっぱり言いきった。

いい出会いがあれば、きっとうまくいく。要は相性の問題だ。瑞希は魅力的で愛らしい女性だった。

「そうですか……ありがとうございます」

瑞希は穏やかな笑みを浮かべた。

「このシチュー、あの人にも食べさせてあげようと思うんですけど、春雄さんもいっしょに来てくれませんか」

恥ずかしげに言うと、瑞希は窓の外に視線を向ける。

瑞希が見ているのは向かいのアパートだ。置き配を盗んだあの男のことを言っているらしい。

（本当にやさしいんだな……）

思わず胸のうちでつぶやいた。

どこに出会いがあるかはわからない。もしかしたら、あの男とうまくいくかもしれなかった。

「せっかくだけど、俺は仕事があるから失礼するよ」

「帰っちゃうんですか……」

「向かいのアパートの彼に持っていってあげたらいいよ。きっと泣いて喜ぶんじゃないかな」

「はい……そうします」

瑞希は微笑を浮かべてうなずいた。

春雄は身なりを整えると部屋をあとにする。

もし、またデリバリーすることがあっても置き配なら顔を合わせずにすむ。互いに気まずい思いをすることはないだろう。

第五章　夢の快楽

1

八月になり、連日うだるような暑さがつづいている。

フードデリバリーの仕事をはじめてから四か月が経ち、すっかり板についてきた。しかし、さすがにこの暑さはこたえる。

一日中、日が燦々《さんさん》と照る外にいるので、頭の芯まで火照ってしまう。雨の日はレインコートを着なければならない。サウナのなかにいるような状態になるため、脱水症状に細心の注意を払う必要がある。

いずれにせよ、夜、部屋に帰るころにはフラフラだ。

それでも、ひと晩寝て翌朝になると、すっかり元気になっているから不思議なものだ。体が慣れるとは、こういうことを言うのかもしれない。

だいぶ要領もよくなっている。

配達リクエストが入らない時間は、待機をしているよりも思いきって休憩したほうがいい。そして、動くべきときに動いたほうが効率がよくなり、結果として収入アップにつながるのだ。

(今日も暑いな……)

配達を終えて駅前に戻る途中、春雄は信号待ちをしている。

眩い空を見あげながら、ペットボトルの水で喉を潤す。時刻は午後二時すぎだ。日が傾きはじめれば多少は楽になる。それまでの辛抱だ。そのとき、ウエストポーチのなかでスマホが鳴った。

(おっ、来たぞ)

すかさず取り出して確認する。

やはり配達リクエストだ。画面をさっと見て、受けつけボタンをタップする。のんびりしていると、ほかの配達員がタップしてしまう。配達リクエストを受けるのは早い者勝ちだ。

さっそく店に向かって走り出す。ピックアップする先は、牛丼のチェーン店だ。数分で到着すると、自転車をとめて正面から店に入った。この店は客と同じ入口を使うことになっている。

「グルメ宅配便です」

「おっ、早いね」

中年の男性店員が、すぐにレジ袋を差し出した。

「ちょうど近くにいたんです」

「そうなんだ。よろしく」

「はい。行ってきます」

短いやり取りをして、すぐに出発する。

時間に追われる仕事なので、基本的に店員と雑談することはない。それでも、顔見知りになれば、ちょっとした言葉を交わす。そんなわずかな時間がうれしくて、癒しにつながる。もう少しがんばろうという気持ちになれるのだ。

品物を配達バッグに収めると、店の外に出て自転車にまたがる。そして、再び炎天下のなかを走り出した。

配達先は住宅街にある一軒家だ。

向かう途中、同業者の自転車を何台か見かけた。フードデリバリーの会社はいくつかあり、各社の配達員がいるため人数はかなり増えた印象だ。なかには数社と契約して稼ぎまくる猛者《もさ》もいるらしい。

自転車では限界があるが、春雄もそこそこ稼いでいる。とりあえず生活していくぶんには困っていなかった。

(案外、この仕事でやっていけるかもな……)

ふとそんなことを思って苦笑が漏れる。

就職したい気持ちに変わりはない。それまでのつなぎで、仕方なくこの仕事をはじめたのだ。

だが、フードデリバリーで喰っていく者の気持ちも、わからないわけではない。働く時間も休日も自分で選ぶことができる。がんばりしだいでは収入も増える。そんな生き方を否定するつもりはなかった。

そんなことを考えているうちに配達先の家に到着した。

アプリで確認すると、受け渡し方法は手渡しだ。配達バッグからレジ袋を取り出してインターホンを鳴らす。ところが応答がない。

(おかしいな……)

何度かボタンを押していると、いきなり玄関ドアが開いた。

現れたのは大柄な中年男だ。厳めしい顔をしており、いきなり春雄の顔をにらみつけた。

「ど、どうも、グルメ宅配便です」

平静を装いながらも内心身構える。

（やばいな……なんか不機嫌そうだぞ）

いやな予感が胸にひろがった。

この家ではないが、配達が遅いと言って怒鳴られたことがある。警戒しながらレジ袋を差し出した。

「悪い悪い。トイレに入ってたんだ。ずいぶん早いね」

男は厳めしい顔をしているが、口調は意外と穏やかだ。笑みを浮かべてレジ袋を受け取った。

「早すぎましたね。失礼しました」

春雄は冗談まじりに告げる。客が怒っていないとわかってほっとした。

「ちょっと待ってて」

男はいったん奥に引っこむと、すぐに戻ってくる。そして、烏龍茶《ウーロン》のペットボトルを差し出した。

「これ持っていきな」

「いいんですか。ありがとうございますっ」

こういうときは遠慮しないことにしている。差し入れをありがたく受け取り、自転車へと戻った。

たまに差し入れをくれる客がいる。こういうことが励みになり、きつい仕事をつづける力となる。よく冷えた烏龍茶をがぶ飲みすると、火照った体がスーッと楽になる気がした。

（そろそろ休憩するか……）

時刻は午後二時半になっている。

とりあえず駅のほうに向かって走り出す。駅前のロータリーは暑いので、最近は近くの公園の木陰か、エアコンの効いているショッピングモールのフードコートで休むことが多い。

（でも、汗だくなんだよな……）

自分では気づいていないが、きっと汗くさいのではないか。それを思うとフードコートに行くのは気が引けた。

以前、アパートに戻って休憩したことが何度かある。だが、自室に戻ると仕事を再開するのがつらい。そのまま夜まで寝てしまったこともあるので、以来、部屋には戻らないことにしていた。

（やっぱり公園にしよう）

そう決めて、ゆったりとしたスピードで公園に向かった。

定位置である木陰のベンチは運よく空いている。たまに休んでいる人がいるときはフードコートに行くようにしていた。

ベンチに腰かけて、手作りのおにぎりを頬張った。これだけ暑いと傷《いた》まないか心配だが、梅干しが利いているのか今のところ大丈夫だ。いただいた烏龍茶も飲んで、ゆっくり休んだ。

2

午後三時すぎ、配達リクエストが入ったので、スマホをタップして受けつける。すると、客の名前が表示された。

――東京花子。

それは高校時代のふたつ上の先輩で、春雄の初恋の人、真島瑠璃の偽名だ。

（瑠璃先輩……）

心のなかで名前を呼ぶだけでテンションがアップする。

再び瑠璃の部屋に配達できる。この日をずっと待ちつづけていたのだ。客も配達員も相手を指名できないシステムなので、偶然に期待するしかない。しかし、会えないまま一か月がすぎて、あきらめかけていたところだった。

（やっとだ……やっと会えるぞ）

興奮と感動が腹の底からこみあげる。

配達に行けば自然な感じで言葉を交わせるだろう。その流れのなかで、タイミングを見てデートに誘うつもりだ。いろいろな女性との経験を積んで、男として多少なりとも自信をつけている。このチャンスを逃すつもりはなかった。

ピックアップするのは前回と同じドーナッツだ。

すぐに向かうと品物を受け取り、全力でペダルを漕ぐ。一か月前に訪れたマンションに到着すると、緊張しながらインターホンのボタンを押す。

「はい……」

スピーカーから瑠璃の声が聞こえる。その瞬間、緊張が最高潮に高まった。

「グ、グルメ宅配便です。ご注文の品をお持ちしました」

マイクに向かって語りかける。

声を聞いて反応してくれるかと思ったが、瑠璃はなにも言わない。春雄だと気づかなかったのだろうか。無言のまま、自動ドアがすっと開いた。

なにかおかしい気がする。

違和感がこみあげるが、その正体はわからない。とにかく、エレベーターに乗りこむと、三階にある瑠璃の部屋に向かった。

廊下を一歩進むたびに胸の鼓動が速くなる。

３０３号室の前につくころには、心臓がバクバクと大きな音を立てていた。深呼吸をして、昂った気持ちをなんとか落ち着かせる。そして、震える指でインターホンのボタンをそっと押した。

玄関ドアがゆっくり開く。

春雄だと気づけば、きっと笑顔を浮かべてくれる。そう思ったのだが、瑠璃は目が合うなり、大粒の涙をこぼしはじめた。

「は、春雄くん……うっぅぅっ」

顔をクシャクシャに歪めて瑠璃が泣いている。

突然のことに、春雄は驚きを隠せない。なにが起きたのかわからず、オロオロしてしまう。

「ど、どうしたんですか……」

問いかけるが、瑠璃は嗚咽《おえつ》を漏らすばかりだ。

両手で顔を覆って、肩を震わせている。ここで抱きしめれば、もしかしたら進展があるかもしれない。弱っているときにやさしくすると効果的だと、どこかで聞いたことがある。

（よ、よし……）

春雄は意を決して一歩踏み出した。

そのとき、瑠璃が顔を覆っていた手をすっと離す。そして、涙で濡れた瞳で春雄を見つめた。

「話を聞いてほしいの。お願いだから、あがって……」

まったく予想していなかった展開だ。

まさか部屋にあげてもらえるとは思いもしない。春雄は困惑しながらも、とにかくうなずいた。

手を引かれて室内に足を踏み入れる。

汗くさいはずだが、瑠璃はまったく気にする様子がない。握られている手を意識して胸の鼓動が高鳴っていく。春雄は状況を理解できないまま、リビングに招き入れられていた。

室内はエアコンが効いているので涼しくて快適だ。

ソファとガラステーブル、壁ぎわにはテレビがあるがベッドは見当たらない。どうやら寝室は別にあるようだ。白を基調にした物が多くて清潔感が溢れている。芳香剤なのか香水なのか、微かに甘い香りが漂っていた。

「座って……」

ソファを勧められる。

汗にまみれた服と体で汚してしまいそうだ。だが、瑠璃は気にしていない。だから春雄は黙って腰をおろした。

瑠璃も隣に座り、両手で春雄の手を握りしめる。そして、新たな涙を流して頬を濡らした。

今日の瑠璃はTシャツにフレアスカートという服装だ。春雄が来る前から泣いていたらしく、目がまっ赤に充血していた。

「もしかしたら、春雄くんが配達してくれるんじゃないかと思って……」

「それでドーナツを？」

春雄が驚きの声をあげると、瑠璃はこっくりうなずく。

まさか瑠璃が会いたがっていたとは意外だった。そして、前回と同じドーナツを注文した。それを偶然、春雄が配達することになり、こうして再会できたのだ。運命的なものを感じずにはいられなかった。

「会えてよかった……」

瑠璃がしみじみとつぶやいた。

いったい、なにがあったのだろうか。悲しみに暮れる瑠璃の姿を見ていると、春雄も胸がせつなくなった。

握られていた手が解放されて、緊張が少し緩んだ。しかし、手には瑠璃の温もりがしっかり残っていた。

「俺でよかったら、聞かせてもらえませんか」

遠慮がちに切り出す。

解決することはできないかもしれない。だが、悲しみを共有することはできる。重い荷物でもふたりで背負えば、つらさを分散できるのではないか。そう思って語りかけた。

「やっぱり、春雄くんはやさしいね。昔から変わってないよ」

瑠璃はそう言うと、無理に微笑を浮かべて涙をこぼす。ほっそりした指先で涙を拭うが、次から次へと溢れてとまらない。

「彼と喧嘩になったの……」

小声でつぶやいて顔を伏せる。

その言葉は、春雄にとってショックだった。瑠璃に恋人がいるとは知らなかった。

(そうか……そうだよな)

心のなかでつぶやいて現実を嚙みしめる。

冷静に考えれば、瑠璃ほど魅力的な女性に恋人がいないほうがおかしい。だが、その可能性を考えていなかった。いや、考えないようにしていた。瑠璃に恋人がいるかもしれないという現実から目をそむけていたのだ。

「さっきまで、この部屋にいたんだけど……喧嘩になって出ていったの」

「なにがあったんですか」

本当は瑠璃と恋人の話など聞きたくない。だが、こういう流れになった以上、聞かないわけにはいかなかった。

「彼、浮気をしていたの。コソコソしてるから怪しいと思っていたんだけど」

瑠璃はぽつりぽつりと語りはじめる。

彼の浮気を疑っていたが、証拠はなかった。ところが、彼がトイレに入っているときに、置きっぱなしのスマホが鳴ったという。そこには見知らぬ女性の名前が表示されていた。

「思わずその着信に出ちゃったの。悪いことなんだけど、そのときは考えもしなかった……」

瑠璃はつらそうに顔を歪める。

相手の女性は自分が本命だと思っていたらしい。口論になっているところに、彼がトイレから戻ってきた。

電話を切ると、今度は瑠璃と彼の間で口論になったという。彼は自分の浮気を棚にあげて、瑠璃が電話に出たことを責めつづけたらしい。だが、決定的な証拠をつかんだ瑠璃も引きさがらなかった。

「そのうち、彼が開き直って浮気を認めたの。でも、謝らないのよ」

「それは、ちょっと……」

思わず口を挟みそうになり、言葉を呑みこんだ。

まだ彼のことを完全に嫌いになったわけではない。瑠璃を見ていると、そんな気がする。他人にとやかく言われたくないだろう。今は黙っているべきだと判断して口を閉ざした。

「悪いのは自分なのに、ひどいと思わない?」

同意を求められて、春雄は静かにうなずく。

自分の意見は口に出さないが、ただ黙って相づちを打ち、共感している意思を示しつづけた。

(デートどころじゃないな……)

とてもではないが、誘える状況ではない。

残念だが、今日ではないということだ。それでも、聞き役に徹したことで、瑠璃との距離が少しだけ縮まった気がした。

「話を聞いてもらって、なんだかすっきりしたわ」

「なんのアドバイスもできずにすみません」

「吐き出すだけでも違うのよ。春雄くんはやさしいから、黙って最後まで聞いてくれた」

瑠璃はそう言って微笑を浮かべる。目はまだ赤く充血しているが、いつしか涙はとまっていた。

「それにしても、謝らないで出ていくなんて最低よね」

まだ怒りが収まらないらしい。瑠璃は思い出したようにつぶやき、小さく息を吐き出した。

「だいたい自分勝手なのよね。付き合う前はきちんとして見えたのに、実際はわがままで、今では別人みたいなの」

交際前のほうが、まめなタイプなのだろう。きちんとしているふりをしていただけで、きっとわがままなのが本性だ。交際がはじまったことで、取り繕《つくろ》う必要がなくなったのではないか。

「ベッドでは強引に迫ってくるくせに、自分だけとっとと終わっちゃうのよ。それで、わたしのことはほったらかしなの」

「えっ……」

聞き役に徹するはずが、つい反応してしまう。

まさか瑠璃がそんなことを言うとは意外だった。どうやら彼はセックスのときも自分勝手だったらしい。

「春雄くんはそんなことないわよね？」

「も、もちろんです。自分だけなんて、あり得ないです」

いた。

反応してしまった手前、きちんと答える。

すると瑠璃は口を閉ざして何度もうなずく。なにかを考えこむような表情になっていた。

（瑠璃先輩……）

春雄は見守ることしかできない。

元気づけてあげたいが、なにしろ失恋した直後だ。今はなにを言っても無駄な気がした。

「春雄くんみたいな人だったらよかったのにな……」

瑠璃が独りごとのようにつぶやく。

そして淋しげに笑うと、再び春雄の手を握った。その手を自分の胸もとに引き寄せて、乳房のふくらみに重ねた。

「な、なにを……」

慌てて口走るが手は引っこめない。乳房のふくらみの感触を、手のひらで感じていたかった。

瑠璃がソファから立ちあがる。

春雄の手を引いて、隣室のドアを開けた。そこは寝室になっており、ベッドと鏡台が置いてある。明かりは豆球だけになっており、オレンジがかった弱々しい光がベッドを照らしていた。

（もしかして……い、いや、まさか……）

誘われているのだろうか。

そんなことあるはずがないと思うが、実際に今も春雄の右手は乳房のふくらみに重なっていた。

3

「一度だけでいいの。淋しいから……お願い」

瑠璃が懇願するようにつぶやいた。

悲しみを癒すためなのか、それとも現実を忘れるためなのか。とにかく、瑠璃は春雄に抱かれることを望んでいる。

思いがけない展開だ。一度とは言わずに何度でも抱きたい。夢なら覚めないでほしいと心から願った。

「る、瑠璃先輩……」

ベッドの前で向かい合って立っている。

視線が重なると、期待が胸のうちでふくらんでいく。

どちらからともなく顔を近づけて傾ける。唇が触れ合った瞬間、全身が痺れるような感覚が走り抜けた。

「ンっ……春雄くん」

瑠璃の両手は春雄の腰に添えられている。

微かに漏らす声が、春雄の欲望を刺激した。舌を伸ばして、瑠璃の唇をそっと舐める。強引に舌をねじこんだりはしない。あくまでも軽く触れているだけだが、それでも気持ちがどんどん高揚していく。

(瑠璃先輩とキスしてるんだ……)

夢にまで見たことが現実になっている。

まさかこんな日が来るとは思いもしない。初恋の人とキスをすることで、心が震えるほど興奮した。

「ああっ……」

瑠璃は唇を半開きにすると、遠慮がちに舌をのぞかせる。

春雄の舌と触れ合って、ふたりの唾液がまざり合う。ヌルヌルと滑る感触が心地よくて、自然と舌が深くからまっていく。

「うむっ、瑠璃先輩……」

「春雄くん……はンンっ」

名前を呼び合いながらディープキスに没頭する。

キスをしているだけなのに、頭の芯がジーンと痺れ出す。心から想っている人と触れ合うことで、胸がせつなく締めつけられる。それでいながら激しく興奮して、ボクサーブリーフのなかでペニスがガチガチに硬くなった。

（もっと……もっと深く）

女体を抱きしめると、舌を瑠璃の口内に忍ばせる。

歯茎や頬の内側、それに上顎などをねっとりと舐めまわす。瑠璃の粘膜という粘膜を味わって、甘い唾液をすすりあげた。

「はンンっ……」

瑠璃は睫毛《まつげ》を静かに伏せると、春雄に身をまかせる。

顔を上向かせて、好きにさせてくれるのだ。だからこそ、できるだけやさしく扱いたい。

（俺にまかせてください……）

キスをしながら心のなかで語りかける。

出ていった恋人は、自分勝手なセックスをしていたらしい。それなら、自分は徹底的に瑠璃をいたわるつもりだ。丁寧な愛撫でたくさん感じさせて、絶頂を与えてあげたかった。

「ンンっ……」

舌をやさしく吸いあげれば、瑠璃が微かに鼻を鳴らす。

Tシャツの背中に手を這わせて、指先で背スジをスーッと撫であげる。すると、瑠璃は敏感そうに肩をすくめて唇を離した。

「はふンっ……くすぐったい」

「じゃあ、こういうのはどうですか?」

指先を首スジに移動させる。そして、触れるか触れないかのタッチで、耳の裏までやさしく撫であげた。

「そ、それも……はンンっ」

やはりくすぐったいらしい。

瑠璃は肩をすくめて、眉を困ったような八の字に歪める。腰も右に左に大きく揺れていた。

(感じやすいんだな……)

これまで関係を持った女性のなかでいちばん敏感だ。

それならばと、指先で耳をなぞってみる。外側をスーッと撫でるだけだが、瑠璃は呼吸を乱しはじめた。

「はンっ……ンンっ」

目を強く閉じて、肩に力が入っている。

よほどくすぐったいらしい。だが、くすぐったさと感度のよさは表裏一体だと聞いたことがある。くすぐったさが快感に転化したとき、いったいどんな反応をするのだろうか。想像するだけでも興奮した。

とにかく、瑠璃が敏感なのは間違いない。

こうしてやさしい愛撫をつづければ、さらに感度があがっていくのではないか。どうせなら、瑠璃が快楽で喘ぎ悶える姿を見たかった。

「服、脱ぎましょうか」

春雄が語りかけると、瑠璃は恥ずかしげに視線をそらす。それでも、小さくうなずいてくれた。

瑠璃のTシャツの裾を摘まんで、ゆっくりまくりあげていく。

白くてなめらかな腹部につづいて、純白レースのブラジャーに包まれた乳房が現れる。双つの柔肉は想像以上に大きくて、カップから溢れそうだ。春雄は胸の高鳴りを覚えながら、彼女のTシャツを頭から抜き取った。

「ああっ、春雄くんも……」

瑠璃が喘ぎまじりに小声でつぶやく。

自分だけ脱がされていくのが恥ずかしいのかもしれない。春雄は急いでTシャツとジャージのズボンを脱ぐと、靴下も取り去った。これで身につけているのはグレーのボクサーブリーフ一枚だ。

（ここまで来たら……）

もったいぶって隠す必要はない。どうせあとで見せることになるのだ。

ボクサーブリーフを一気におろすと足から抜き取る。これで春雄は裸になり、すでに勃起しているペニスが剝き出しになった。

「すごい……」

瑠璃が小声でつぶやく。

視線は春雄の股間に向いている。ペニスのサイズに驚いたのか、両目を大きく見開いていた。

「春雄くんが、こんなに逞《たくま》しかったなんて……」

高校時代の春雄を思い出したのかもしれない。

春雄はサッカー部に所属していたが、下手くそで怪我ばかりしていた。そのおかげでマネージャーだった瑠璃が世話をしてくれたのだ。

春雄も当時のことを思い出す。

瑠璃のことが好きだったが、告白できないままだった。それなのに、こうして勃起したペニスを晒しているのが信じられなかった。

「瑠璃先輩の番ですよ」

スカートをおろせば、純白レースのパンティが露わになる。

瑞々しい身体にまとっているのは下着だけだ。腰がくびれて見事なS字の曲線を描いている。乳房は大きく、尻はむっちりしているため、なおさら女体のラインが強調されていた。

頬を赤く染めて、内股をぴったり寄せている。

そうやって恥じらう姿が、瑠璃をより魅力的に見せていた。ペニスがさらに硬くなり、尿道口から透明な汁が溢れ出した。

「全部見せてください」

春雄は女体を抱きしめると、両手を背中にまわしこんだ。

ブラジャーのホックをプツリッとはずす。とたんにカップを押しのけて、たっぷりした乳房が溢れ出した。

「ああっ……」

瑠璃は両手で乳房を覆い隠す。

だが、新鮮なメロンを思わせる大きなふくらみと鮮やかな桜色の乳首が、網膜にしっかり焼きついている。ついに憧れの女性の乳房を目の当たりにして、激しい昂りを覚えていた。

「み、見ないで……」

瑠璃の唇から恥じらいの言葉が溢れ出す。

もちろん、本気でいやがっているわけではない。顔はまっ赤に染まっているが、逃げることなくその場に立ちつくしていた。

そもそも瑠璃のほうから誘ってきたのだ。春雄に抱かれることを望んでいる。それがわかるから、遠慮なくパンティに指をかけた。

「これもいらないですよね」

「そ、それは……」

瑠璃はとまどいの声を漏らすが、されるがままになっている。

春雄はわざと時間をかけて、パンティをじりじりとおろしていく。徐々に恥丘が露わになり、逆三角形に整えられた陰毛が見えてきた。

「ああっ、ダメ……」

口ではそう言いながら、手で覆うこともしない。

もしかしたら、瑠璃自身もこの状況を楽しんでいるのではないか。かつての後輩に服を脱がされることで、興奮しているのかもしれない。息づかいが荒くなり、腰のくねりかたも大きくなった。

パンティが股間から離れるとき、透明な汁がツーッと糸を引くのが見えた。愛蜜が溢れているのは間違いない。つま先から抜き取ったパンティの船底には、大きな染みができていた。

(濡れてる……瑠璃先輩が濡らしてるんだ)

新たな興奮が湧きあがる。

瑠璃が感じていることを確認して、そそり勃《た》っているペニスがピクッと撥ねた。早くひとつになりたい。だが、焦りは禁物だ。傷ついた瑠璃を癒してあげたくて、できるだけやさしくベッドの上へと導いた。

4

生まれたままの姿になった瑠璃が、ベッドで仰向けになっている。春雄は添い寝をするような形で寄り添っていた。

「あンっ……」

乳房をゆったり揉みあげると、瑠璃の唇から小さな声が漏れる。せつなげな瞳で春雄を見つめて、腰を微かにくねらせた。

(これが、瑠璃先輩のおっぱい……)

心のなかでつぶやくと、ますます気持ちが高揚する。なにしろ、憧れていた瑠璃の乳房を揉んでいるのだ。

双つの乳房は張りがあり、仰向けになってもサイドに流れることはない。それでいながら蕩けそうなほど柔らかく、指をほんの少し曲げただけでも吸いこまれるように沈んでいく。

(ああっ、なんて柔らかいんだ……)

揉んでいると、うっとりした気持ちになる。

左右の乳房を時間をかけて揉みほぐせば、瑠璃の呼吸がどんどん乱れていく。いつしか顔が火照り、耳までまっ赤に染まっていた。

「おっぱいを揉んだだけで、感じてるんですか?」

「だって……こんなに丁寧にされるの、はじめてだから……」

瑠璃はそう言って、視線をすっとそらす。

もしかしたら、男性経験はひとりなのかもしれない。浮気をした恋人しか知らないのなら、まともな愛撫を受けたことがない可能性もある。なにしろ、自分だけが達するひとりよがりのセックスをする男だ。

(それなら、俺が……)

たくさん感じさせてあげたい。そして、最低男の記憶を遠い過去のものにしてあげたかった。

「俺にまかせてください」

やさしく語りかけると、乳房の先端に舌をそっと這わせる。

まずは乳首に触れないように注意して、乳輪を慎重に舐めていく。慌てることのないスローペースの愛撫で、徐々に性感を揺さぶった。そして、敏感になったところで乳首をネロリと舐めあげる。

「ああッ」

瑠璃の唇から甘い声が漏れて、身体に力が入るのがわかった。

「もうビンビンですよ。乳首も感じますか？」

唾液を塗りつけるように、乳首をねちっこく舐めまわす。そして、唇をかぶせて赤子のようにチュウチュウと吸いあげた。

「あンンっ、か、感じちゃう」

「そんなにいいんですか？」

「い、いい……こんなのはじめてなの」

瑠璃がとまどいの声を漏らす。

丁寧な愛撫で女体は確実に反応している。双つの乳首を交互にしゃぶることで、いつしか硬くとがり勃っていた。

「もっと気持ちよくなってください」

乳首だけではなく、首スジや耳にもキスの雨を降らせて刺激を与える。さらには瑠璃の両腕を頭上にあげて、左右の腋《わき》の下を露出させた。

「こんな格好、恥ずかしい……」

「大丈夫です。瑠璃先輩の腋の下、とってもきれいですよ」

ムダ毛の処理が完璧で、ツルリとしている。そこに唇を押し当てると、舌を伸ばして舐めあげた。

「はンンっ、く、くすぐったい……」

「くすぐったいだけですか？」

「ンンンっ……わ、わからない」

瑠璃は身体をくねらせて、内股をモジモジと擦り合わせる。

それでいながら頭上にあげた腕をおろそうとしない。腋の下を晒して、されるがままになっていた。

「くすぐったいのが、だんだん気持ちよくなるはずです」

乳房をねっとり揉みあげながら、腋の下に舌を這わせる。ほんの少しだけ汗のにおいがして、それが牡の欲望をかきたてた。

「わ、腋ばっかり……はあンっ」

瑠璃の声に甘い響きがまざりはじめる。

やはり、くすぐったさを快感と認識しはじめたらしい。眉をせつなげに歪めて、下肢を艶めかしくくねらせる。乳首も勃ったままで、女体が燃えあがっているのは明らかだ。

（でも、念のため……）

春雄は再び乳首を舐めながら、右手を瑠璃の下腹部へと滑らせる。

臍《へそ》の上を通過して、指先が恥丘に到達した。陰毛をサワサワと撫でまわすと、内股の隙間に中指を滑りこませる。

「あああッ」

瑠璃の唇から喘ぎ声が溢れ出す。

指先が陰唇に触れたのだ。そこはすでに大量の華蜜でぐっしょり濡れている。熱く火照っており、割れ目に沿って指先がヌルヌル動いた。

「すごい……トロトロになってますよ」

「あぁッ、い、言わないで……はああッ」

腰をくねらせて、快楽の声を漏らしつづける。

瑠璃が感じている。初恋の女性が自分の指で感じているのだ。

股間に潜りこませた指で、陰唇を軽く圧迫する。とたんに指先が泥濘《ぬかるみ》にズブズブと沈みこんだ。

「はああッ」

ほんの少し挿《い》れただけだが、瑠璃はしっかり反応してくれる。同時に乳首をしゃぶり、挿入した指を軽くピストンさせた。

「ああッ……あぁッ……」

「気持ちいいですか？」

声をかけながら、硬くなった乳首を前歯で甘嚙みする。その直後、女体がビクンッと激しく跳ねあがった。

「ああああッ、い、いいっ、気持ちいいっ」

「乳首とアソコ、どっちが気持ちいいですか」

「ど、どっちも、あああッ、どっちも気持ちいいっ」

瑠璃はあられもない声をあげると、身体を大きく仰け反らせる。膣口が猛烈に収縮して、埋まっている春雄の中指を締めつけた。女体は反り返ったまま、凍りついたように硬直する。

「イキそうなんですね、イッてくださいっ」

「あああぁッ、はああああああッ！」

一拍置いて、ガクガクと痙攣しながら脱力した。

瑠璃が昇りつめたのは間違いない。じっくりした愛撫で性感を蕩かせて、ついには絶頂させることに成功した。

5

「す、すごかった……」

瑠璃がうっとりした表情でつぶやいた。

瞳は膜がかかったようになっている。まだ絶頂の余韻のなかを漂っており、ぼんやりしていた。

「よかった……瑠璃先輩が悦んでくれて、よかったです」

春雄は添い寝をした状態で見つめる。

男の身勝手な欲望をぶつけるのは愛撫ではない。女性をいたわり、身も心も癒して感じさせるのが本当の愛撫だと思う。今、はじめてそれができた気がした。

「ううっ……」

ペニスに甘い刺激がひろがり、小さな呻き声が漏れる。

己の股間に視線を向ければ、勃起したままのペニスに瑠璃のほっそりした指が巻きついていた。

「わたしばっかり……春雄くん、我慢してるんでしょう？」

「俺は瑠璃先輩に悦んでもらいたかったんです」

「でも、こんなに硬くなってるじゃない」

瑠璃がペニスをしごいてくれる。ますます硬く反り返り、先端から我慢汁がトロトロと溢れ出した。

「くううッ」

「挿れて……わたしのこと、好きにして」

瑠璃が濡れた瞳で懇願する。

ひとつになりたい気持ちは春雄も同じだ。体を起こすと、瑠璃の脚の間に入りこんで正座をする。剝き出しになった股間に視線を向ければ、サーモンピンクの陰唇が見えていた。

「瑠璃先輩……」

右手でペニスを持ち、先端を陰唇に押し当てる。軽く上下に動かして膣口の位置を探ると、まずは亀頭を埋めこんだ。

「ああッ」

「挿れますよ……んんッ」

体重を浴びせるようにして、ペニスをゆっくり沈みこませる。

女体を気遣ったスローペースの挿入だ。常に瑠璃の反応を見ながら、決して無理をしないように気をつけた。

「そ、そんなにゆっくり……」

「苦しかったら、すぐに言ってください」

「だ、大丈夫……あっ……ああっ」

ペニスをじわじわと押し進めて、ようやく根もとまで収まった。

「全部、入りましたよ」

いったん動きをとめると、ペニスと女壺をなじませる。腰を振りたい気持ちを抑えこんで、瑠璃の顔を見おろした。

「どうして、動かないの？」

「まだダメです。なじむまで待ちましょう」

こうしている間も、熱い膣襞をペニスに感じている。

ウネウネと蠢《うごめ》く感触が気持ちいい。我慢汁が溢れてとまらず、腰を振りたい衝動がこみあげる。しかし、ぐっとこらえて動かない。

「どうして……好きにしていいのよ」

「そんなのダメです。瑠璃先輩にも気持ちよくなってもらいたいんです」

ペニスと膣をなじませてから腰を振るつもりだ。

心を通わせたセックスをしたい。ふたりの性器はすでになじんでいるかもしれないが、念には念を入れたかった。

「春雄くん、どうして……」

見あげる瑠璃の瞳は涙ぐんでいる。

もしかしたら、別れた恋人の自分勝手なセックスと比べているのかもしれない。おそらく、まったく正反対のものだろう。

「どうして、そんなにやさしいの？」

「それは……」

告白するチャンスかもしれない。

——初恋の人だから。

——昔から好きでした。

——付き合ってください。

そんな言葉が次から次へと脳裏に浮かんだ。

心が弱っている今なら受け入れてもらえるかもしれない。だが、それは違う気がした。元気になって正常な判断ができるときに考えてもらいたかった。

「ふたりで気持ちよくなりたい……ただそれだけです」

本心を押し隠してつぶやいた。

「そう……」

瑠璃は睫毛を伏せると、小さくうなずく。

感情が読み取れない。がっかりしたのか、それともほっとしたのか、春雄には判断がつかなかった。

「あぁンっ、ねえ……」

瑠璃が焦れたようにつぶやいて腰をよじる。

その拍子に膣のなかに埋まっているペニスがヌルッと動いて、鮮烈な快感が股間から全身へとひろがった。

「くううッ」

「あああッ、擦れてる」

瑠璃も感じているようだ。

甘い声をあげて、両手を春雄の尻たぶにまわしこむ。そして、グッと引き寄せると同時に、股間をクイッとしゃくりあげた。

「はあああッ」

「おううッ、す、すごいっ」

たまらず呻き声が溢れ出す。

ペニスと膣肉が擦れて、またしても鮮烈な快感が湧き起こる。性器はすっかりなじんでおり、激しく動かしても大丈夫そうだ。

「は、春雄くん……お願い」

「じゃ、じゃあ、動きますよ」

正常位で女体を抱きしめると、腰をゆっくり振りはじめる。ペニスを出し入れすれば、すぐに強烈な快感が押し寄せた。

「ううゥッ、こ、これは……」

「はあああッ、こ、こんなのって……」

挿入してなじませる時間が、長い愛撫になっていたらしい。春雄も瑠璃も完全に火がついている。とてもではないが、ゆっくり腰を振ることなどできない。いきなり全力のピストンを繰り出した。

「おおおおッ、る、瑠璃先輩っ、おおおおおッ」

「ああッ、ああッ、い、いいっ」

春雄の呻き声と瑠璃の喘ぎ声が重なった。

いきなりのクライマックスで、ふたりは息を合わせて腰を振る。春雄がペニスを勢いよくたたきこめば、瑠璃は股間をクイクイとしゃくりあげた。

「くおおおッ、き、気持ちいいっ」

「はあああッ、わ、わたしも、気持ちいいのっ、あああああッ」

ふたりはきつく抱き合って唇を重ねる。

舌をからめながらの正常位で、絶頂への階段を駆けあがっていく。腰の動きが加速して、ふたりの声と湿った蜜音が寝室に響きわたった。

「は、春雄くん……わたし、も、もうダメっ、あああああッ」

瑠璃が喘ぎながら訴える。絶頂が迫っているのは間違いない。膣が猛烈に収縮して、ペニスをギリギリと絞りあげた。

「ぬおおおおッ、おおおおおおおッ」

もう語りかける余裕はない。瑠璃を絶頂に追いあげるべく、ひたすらに男根を打ちこんだ。

「あああッ、も、もうっ、イクッ、イクッ、はあああああああああッ！」

ついに歓喜の嬌声《きょうせい》が響きわたる。瑠璃は春雄の体にしがみつき、男根を締めつけながらアクメに昇りつめた。

「くおおおッ、お、俺もっ、おおおおッ、ぬおおおおおおおおッ！」

春雄は瑠璃が達するのを確認して、欲望を思いきり解き放った。

ペニスを根もとまでたたきこみ、勢いよく精液を噴きあげる。うねる膣道の感触がたまらない。脈動する竿をグイグイ締めつけられると、ペニスが蕩けるような錯覚に陥った。

凄まじい愉悦で頭のなかがまっ白になっている。女体をしっかり抱きしめて、熱い媚肉に包まれながら射精する快楽に酔いしれた。

6

二週間後の火曜日——。

春雄は駅前のカフェにいる。

時刻はもうすぐ午後七時になるところだ。瑠璃と待ち合わせをしている。仕事帰りに寄ってくれることになっていた。

先週、思いがけず瑠璃と身体の関係を持った。

デートに誘うタイミングはなかったが、最高の時間を過ごすことができた。瑠璃は思いきり感じてくれたし、春雄もかつてない快楽を体験した。すべてが終わったあとメールアドレスの交換をして別れた。

いつでも連絡を取れるようになったのは一歩前進だ。

そして、ついに会う約束を取りつけた。春雄は火曜日を休みにしているので、身だしなみを整える時間はたっぷりあった。

今日こそデートに誘うつもりだ。話の流れや雰囲気によっては、交際を申しこむかもしれない。それくらい気合が入っていた。

約束の午後七時ちょうど、カフェの自動ドアがすっと開いた。店内に入ってきたのは、グレーのスーツに身を包んだ瑠璃だ。奥の席に座っていた春雄は、腰を少し浮かして手を振った。

目が合うと、瑠璃は笑みを浮かべて歩み寄ってくる。まるで恋人と待ち合わせをしたような高揚感を覚えた。

（スーツも似合ってるな……）

思わず見惚れてしまう。

居合わせた客たちが、瑠璃のことをチラチラ見ている。みんな瑠璃の美しさに惹かれているに違いない。

（どうだ。すごいだろう）

恋人でもないのに自慢したくなってしまう。

これほどきれいな女性とセックスをしたのだ。肌を重ねたことで、距離がぐっと近づいた気がする。交際を申しこめば、受け入れてもらえるのではないか。そんな根拠のない自信が湧きあがっていた。

「お待たせ。遅れてごめんね」

瑠璃は謝りながら向かいの席に腰かけた。

「いえ、俺も今、来たところです」

本当は三十分前には来ていたが、そんなことを言う必要はない。今は瑠璃に会えたことがうれしかった。

「メールありがとうね。なにか大切な話があるんでしょ」

瑠璃はコーヒーを注文すると、さっそく本題に入る。

「ええ、まあ……」

急かされると話しづらい。雑談をしながらタイミングを見計らって、切り出すつもりだった。

「わたしも報告があるの」

瑠璃はなにやら前のめりで話しはじめた。

「春雄くんのおかげで踏ん切りがついたわ」

「俺のおかげ？」

「抱いてくれたでしょう」

瑠璃は顔を近づけると、微笑を浮かべて小声でささやいた。

「カルチャーショックっていうか、目から鱗《うろこ》っていうか、とにかくなにごとも体験してみないとわからないっていうのを実感したのよ」

「なるほど……」

「会社に辞表を出したわ」

「……はい？」

話の展開が急すぎて、まったくついていけない。わけがわからず、首をかしげて黙りこんだ。

「じつはね、カフェを持つのが夢だったの。沖縄のきれいな海が見える場所でカフェをやりたいのよ」

はじめて聞く話だ。これまでは、ただの夢だったが、実現に向けて動くことにしたという。

「まずは働いてみないとね。部屋を引き払って、沖縄に移住することにしたの。沖縄のカフェで働くために」

すでに沖縄で住む部屋を確保して、働くカフェも決まっているらしい。移住の準備は着々と進んでいた。

「へ、へえ……す、すごいですね」

懸命に動揺を押し隠す。

告白する前にフラれた気分だ。まさか、自分とセックスしたことがきっかけで、瑠璃が沖縄移住を決意するとは思いもしなかった。

簡単には会えなくなってしまう。淋しくなるが仕方がない。それで瑠璃が幸せになれるのなら、陰ながら応援するつもりだ。

「春雄くんも話があるのよね？」

「い、いいえ、別に……」

沖縄移住の件を先に聞いて、話すことがなくなってしまった。

「そうだ……」

ふと思い出す。ずっと心に引っかかっていたことがある。

「じつは起業したいって話なんですけど……あれはウソなんです」

嫌われる覚悟で切り出した。

嘘をついたまま別れるのはいやだった。就職活動に失敗したこと、仕方なくフードデリバリーの仕事をはじめたこと、つい格好つけて起業が夢だと言ってしまったことなど、すべてを包み隠さず打ち明けた。

「すみませんでした」

深々と頭をさげる。恥ずかしくて瑠璃の顔を見ることができなくなった。

「そうだったのね。大丈夫よ、顔をあげて」

瑠璃は気を悪くした様子もなく、穏やかな声で語りかけてきた。

「春雄くんのやさしさは誰よりも知ってるわ。落ちこんでいるわたしを一所懸命、元気づけてくれたのはウソじゃないわ」

「る、瑠璃先輩……」

「夢はこれから見つければいいじゃない」

そう言われて、救われた気持ちになった。

「ありがとうございます。カフェをオープンしたら連絡してください。必ず遊びに行きます」

「うん。まっ先に連絡するわ」

約束をして笑顔で別れた。夢に向かって歩き出した瑠璃が、よりいっそう魅力的に映った。

7

翌日、春雄は今ひとつ気乗りしないまま仕事に向かった。

瑠璃に会えなくなると思うと淋しい。告白すらできず、張りつめていた恋心が宙ぶらりんになってしまった。

アプリをオンにすると、すぐに配達リクエストが入ったのでタップした。

ピックアップ先のハンバーガーショップに向かう。早々に到着したので、まだ商品ができあがっていなかった。

「あの、ちょっといいですか」

カウンターの前で待っていると、背後から声をかけられた。すぐうしろに若い女性が立っている。女子大生だろうか。黒髪のショートカットが似合っている愛らしい女性だ。

「わたし、まだはじめたばかりなんです」

女性はその場で半転して、背負っている配達バッグを見せた。

「同業者の方ですか。お疲れです」

春雄が軽い調子で言うと、彼女はうれしそうに笑った。

「やさしそうな人でよかった。頼りになりそうなので、今度いろいろ教えてもらえませんか」

「俺、頼りになりそうに見えるかな……」

「だって、日に焼けてるから、ベテランさんなんですよね？」

彼女は春雄の顔や腕を見ている。

確かにずいぶん焼けていた。だが、自転車で配達をしていれば、新人でもすぐにこうなるはずだ。

「俺なんて全然……」

「またまた謙遜《けんそん》しちゃって。絶対できる男ですよね」

「いや、ほんとに……」

「そういうのはいいですから。お仕事のコツとか教えてください。今夜、空いてませんか？」

「おいおい、急だな」

やけに積極的で、春雄は押されっぱなしだ。だが、悪い気はしない。年下のかわいい女性に頼られるのは満更でもなかった。

「わたしでも稼げるようになりますか？」

「最初はきついと思うよ」

「じゃあ、ちゃんと教えてくださいね」

「まだ教えるって言ってないぞ」

「でも、教えてくれるんですよね」

彼女は終始ニコニコ笑っている。底抜けに明るくて、いっしょにいるだけで楽しい気持ちになった。

聞かれるままメールアドレスを交換した。そんなことをしていると、春雄の運ぶ商品ができあがった。

「じゃあ、また」

「あとでメールしますね」

「お、おう……」

とまどいながらも春雄は先に出発する。

配達先に向かって自転車のペダルを漕ぎながら、ふと笑みが漏れた。明るくてかわいい子だった。

――頼りになりそうなので。

彼女の声が頭のなかで何度も再生される。

(俺もひと皮剝けたのかもしれないな……)

そんなことを考えていると、ニヤニヤがとまらなくなった。

順調に配達をこなして、夕方になっていた。

午後五時すぎ、スマホが鳴ったので配達リクエストを受けつけた。ピックアップ先を確認すると、イタリアンｙａｚｉｍａだった。

(京香さん、どうしてるかな……)

すぐに京香の顔が脳裏に浮かんだ。

京香と身体の関係を持ってから、一度も行っていなかった。避けていたわけではなく、たまたま注文が入らなかったのだ。

なんとなく落ち着かない気持ちでイタリアンｙａｚｉｍａに向かった。

店に入ると、すぐに京香が近づいてきた。もしかしたら、春雄に会いたくないかもしれない。そんな気がして心配だったが、目が合うと明るい笑みを浮かべてくれたのでほっとした。

「春雄さん、お久しぶりです」

京香はまるで懐かしい友人にでも会ったように目を細めている。歓迎してくれているとわかり、春雄の胸は温かくなった。

「お久しぶりです。お元気そうですね」

「おかげさまで……」

京香はそう言って、背後の厨房をチラリと見やった。

料理の盛りつけをしている男性がいる。おそらく彼が京香に交際を申しこんだというアルバイトだ。いかにもまじめそうな感じで、京香とお似合いな気がした。

「よかったですね」

「春雄さんのおかげです。ありがとうございます」

「俺はなにもしてないですよ」

そんな言葉を交わして商品を受け取った。

「よろしくお願いしますね」

「はい。では、また」

イタリアンｙａｚｉｍａをあとにすると、うれしい気持ちのまま自転車を漕いで配達先に向かった。

この街でいちばん高いタワーマンションだ。インターホンを鳴らすと、三十三階にあがるように指示された。

(最上階だぞ……)

エレベーターのボタンで最上階だとわかった。

これはセレブに違いない。緊張しながらエレベーターを降りると、最上階は一世帯しかなかった。

(マジかよ……きっと本物のセレブだ)

ドアの前に立つと緊張感が高まる。

アプリに登録されている名前は広瀬《ひろせ》玲緒奈《れおな》となっているが本名だろうか。緊張しながらインターホンのボタンを押す。すると、しばらくしていかにも上品そうな女性が姿を見せた。

「はい、どちらさま」

「グルメ宅配便です」

「あら、早いのね。ありがとう」

穏やかな口調が似合っている。

年のころは三十代後半くらいだろうか。やさしげな顔立ちで、抜群のプロポーションをしている。

まとっているのは、ひと目でシルクとわかる白いワンピースだ。肩紐が細くて、首スジも肩もほっそりした鎖骨も大胆に露出している。光沢のある生地が、彼女をますます魅惑的に見せていた。

（玲緒奈さんか、きれいな人だな……）

ひと目で惹きつけられて見惚れてしまう。

これまで出会ったことのない妖艶な雰囲気の女性だ。これが本物のセレブなのだろうか。

「なかに運んでくださるかしら。こちらよ」

「は、はい……」

本来、部屋のなかに運ぶサービスは行っていない。しかし、春雄は思わず背スジを伸ばして返事をしていた。

長い廊下を進んだ先に広々としたリビングがある。

三十三階からの眺望は素晴らしい。成功者だけが見ることのできる景色だ。春雄は圧倒されて、もやは絶賛する言葉も出なかった。

「こちらに置いていただけるかしら」

玲緒奈に言われるまま、レジ袋を大きなガラステーブルに置いた。

「で、では、これで……ありがとうございました」

立ち去ろうとしたとき、玲緒奈に手首をつかまれる。ひんやりした手の感触にドキリとした。そして、左手の薬指には指輪が光っているのが見えた。

「ちょっと、お待ちになって」

「は、はい？」

突然のことにとまどって、凍りついたように立ちどまった。

「あなた、ずいぶん、汗をかいてるわね」

「す、すみません……」

春雄は慌てて謝罪する。

自転車で配達をしているのだから、汗をかくのは当然だ。しかし、そんなことを言ったところで、エアコンが効いているタワマンの最上階に住む人には理解できないだろう。汗くさくて機嫌を損ねたに違いなかった。

「シャワーを浴びていきなさい」

「えっ……シャワーですか？」

「そうよ。そんなに汗をかいていたら、次に行くお宅に失礼よ。服は洗っておくから浴びてきなさい」

どうやら、機嫌を損ねたわけではないらしい。今ひとつわからないが、純粋に親切心から言っているような気がした。

「で、でも、旦那さんに誤解されたりとか……」

「どうして誤解されるの？」

玲緒奈が不思議そうに首をかしげる。

本当にわかっていないようだ。下心や淫らな気持ちがいっさいないからこそ、まるで理解できないのだろう。よけいな心配をした自分が恥ずかしくなった。

「す、すみません。なんでもないです」

「夫ならニューヨークよ。しばらく帰国する予定はないからお気になさらずに」

「そ、そうなんですか……」

よけいなことを言ったせいで、ますます断れなくなってしまった。

仕方なく案内されるままバスルームに向かう。脱衣所の広さがもったいないと感じるのは、春雄が庶民だからだろうか。このスペースを別の部屋に使ったほうがいい気がした。

「服はその籠に入れておいてください。では、ごゆっくり」

玲緒奈が脱衣所から出ていった。

春雄は服を脱いで裸になると、ガラス戸を開けてバスルームに足を踏み入れた。予想はしていたが、やはり無駄に広かった。

シャワーが三つもあるのは、家族でいっしょに入るためだろうか。意味がわからないが、とにかく端にあるシャワーの前に立つとカランをひねり、降り注ぐ湯を頭から浴びた。

「背中を流しますよ」

ふいに背後から声が聞こえてドキッとする。

恐るおそる振り返ると、玲緒奈が裸体にバスタオルを巻いて立っていた。バスタオルの縁が乳房にプニュッとめりこんでいる。下のほうはミニスカートのようになっており、太腿がつけ根近くまで大胆に露出していた。

「な、なにを……ま、まずいですよ」

「なにがまずいの？」

「い、いや、だから……」

春雄は言いよどんで、結局、黙りこんだ。

夫はニューヨークなのだから、玲緒奈がなにをしようがバレるはずがない。なにも心配する必要はなかった。

玲緒奈はボディソープを手に取ると泡立てはじめる。そして、その手を春雄の背中にそっと押し当てた。

「洗いますよ」

「うっ……」

ヌルリッと滑る感触が妖しげで、つい声が漏れてしまう。

そんな春雄の反応がうれしいのか、玲緒奈は両手を大胆に動かして、背中全体を撫でまわす。さらには腋の下を通って前にまわすと、胸板をねちねち撫ではじめる。指先が乳首をかすめるたびに甘い刺激がひろがり、体がビクッと反応した。

「ずいぶん敏感なのね」

玲緒奈が耳もとでささやく。

その直後、背中に柔らかいものが触れていることに気づいた。玲緒奈はいつしかバスタオルを取り去り、ナマの乳房を背中に押しつけている。ボディソープが付着しているため、ヌルヌルと滑るのが気持ちいい。

「ううっ……れ、玲緒奈さん」

「このあと、ベッドで楽しみましょうね」

玲緒奈に誘われて、思わず何度もうなずいた。

まさかこんなことになるとは意外だった。

瑠璃には告白すらできなかったが、モテ期が来たのだろうか。なぜか女運が向いている気がした。

（俺もちょっとは成長したってことか……）

玲緒奈の愛撫に身をよじりながら、ふと思う。

フードデリバリーの仕事も捨てたものではない。仕方なくはじめた配達員だが、素敵な出会いもあるし、しばらくはつづけるつもりだ。

もちろん、就職活動もがんばって継続する。そして、自分に合った仕事を見つけていつかは就職したい。とにかく、自分でも驚くほど前向きになっていた。

（了）

＊本作品はフィクションです。作品内に登場する人名、地名、団体名等は実在のものとは関係ありません。

長編小説

お届《とど》けモノは快楽《かいらく》

葉月奏太《はづきそうた》

2024年6月10日　初版第一刷発行

カバーデザイン……………………………… 小林こうじ

発行所…………………………………… 株式会社竹書房
〒102-0075　東京都千代田区三番町８－１
三番町東急ビル６F
email：info@takeshobo.co.jp
https://www.takeshobo.co.jp
印刷・製本……………………… 中央精版印刷株式会社

■定価はカバーに表示してあります。

■落丁・乱丁があった場合は、furyo@takeshobo.co.jp までメールにてお問い合わせ下さい。
■本書は品質保持のため、予告なく変更や訂正を加える場合があります。